D1351788

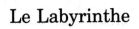

Le Labyrinthe

Collection

Jeunesse-plus

1. LE PHARE D'ISIS, Monica Hughes
2. LE GARDIEN D'ISIS, Monica Hughes
3. PIÈGE POUR LE *JULES-VERNE*, Michèle Laframboise
4. LES VISITEURS D'ISIS, Monica Hughes
5. LE STRATÈGE DE LÉDA, Michèle Laframboise
6. LES MÉMOIRES DE L'ARC, Michèle Laframboise
7. LE DRAGON DE L'ALLIANCE, Michèle Laframboise
8. SAMUEL DE LA CHASSE-GALERIE, Michel J. Lévesque
9. LA QUÊTE DE CHAAAS, Michèle Laframboise
10. LE LABYRINTHE, Julie Martel
11. LE DEUXIÈME DRAGON, Julie Martel
12. LA REINE REBELLE, Julie Martel (à paraître)
13. LA VENGEANCE DES FLEURS, Julie Martel (à paraître)

Julie Martel

LE LABYRINTHE

Les fleurs du roi - 1

MÉDIASPAUL

Médiaspaul reconnaît l'aide financière du Gouvernement du Canada par l'entremise du Programme d'aide au développement de l'industrie de l'édition (PADIÉ), du Conseil des Arts du Canada et de la Société de développement des entreprises culturelles du Québec (SODEC) pour ses activités d'édition.

 Conseil des Arts du Canada   Canada Council for the Arts   Patrimoine canadien   Canadian Heritage   Société de développement des entreprises culturelles Québec

Catalogage avant publication de Bibliothèque et Archives nationales du Québec et Bibliothèque et Archives Canada

Martel, Julie, 1973-

    Le labyrinthe

    (Les fleurs du roi ; 1re ptie)

    (Jeunesse-plus ; 10. Fantastique épique)

    ISBN 978-2-89420-748-2

    I. Titre.

PS8576.A762L32 2008   jC843'.54   C2008-940116-6
PS9576.A762L32 2008

Composition et mise en page : Médiaspaul
Illustration de la couverture : *Laurine Spehner*
Maquette de la couverture : Maxstudy

ISBN 978-2-89420-748-2

Dépôt légal — 1er trimestre 2008
Bibliothèque et Archives nationales du Québec
Bibliothèque et Archives Canada

© 2008   Médiaspaul
            3965, boul. Henri-Bourassa Est
            Montréal, QC, H1H 1L1 (Canada)
            www.mediaspaul.qc.ca
            mediaspaul@mediaspaul.qc.ca

            Médiaspaul
            48, rue du Four
            75006 Paris (France)
            distribution@mediaspaul.fr

pour Michèle Khouzam
et ses alignements de planètes

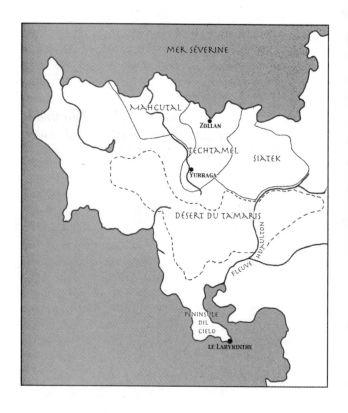

MER SÉVERINE

MAHCUTAL

ZOLLAN

TECHTAMEL

SIATEK

YURRAGA

DÉSERT DU TAMARIS

FLEUVE HUAULTON

PÉNINSULE
DIL
CIELO

LE LABYRINTHE

1

UNE NUIT
SUR LA PLAINE TROUÉE

L'ogre revint avant la fin de la nuit, cette fois. Capucine fut la première à l'entendre : des trois, c'était elle qui possédait la meilleure ouïe. Elle réveilla ses deux sœurs en chuchotant. Amaryllis leva les yeux vers le plafond de la grotte où elles survivaient depuis des jours, regarda par l'étroite cheminée sous laquelle les jeunes filles préféraient dormir et constata que le ciel était encore couleur d'encre. Alors elle prédit qu'elles seraient libres avant l'aube. Dahlia grogna que c'était peu probable, cependant elle n'insista pas : Amaryllis se trompait rarement. Sa vivacité d'esprit lui permettait de tirer de rapides conclusions des plus menus indices et souvent, les gens croyaient qu'elle possédait le don de prophétie. Selon un ami de leur père, le grand Tadeo, Amaryllis tenait cela de lui. Jusqu'à la naissance de ses filles, Tadeo avait été le plus éminent général du roi Deodato du Techtamel... Et s'il n'en tenait qu'aux triplées, il retrouverait bientôt son grade et son honneur. Tadeo pourrait reprendre sa véritable identité, revenir d'exil et s'installer à nouveau sur ses terres... Mais auparavant, les sœurs devaient sortir du trou où le roi Deodato les avait fait jeter.

— La chasse au guerrier a peut-être été mauvaise, cette nuit, soupira Dahlia.

La jeune fille jeta un coup d'œil vers le fond de la caverne. Des ossements et des carcasses sanguinolentes s'entassaient dans un coin, près de la couche du monstre, et exhalaient une odeur de charnier écœurante. Ce n'était pas par caprice que les sœurs dormaient sous une bouche d'aération ! Et si, au début, elles avaient enduré avec stoïcisme la faim qui leur tordait les entrailles, elles avaient fini par se résigner à manger de la chair crue. Pas celle des humains capturés par l'ogre, évidemment. Dahlia exagérait lorsqu'elle sous-entendait qu'il ne mangeait que des guerriers : en fait, à en juger par les différents crânes qui avaient roulé contre les parois de roc, la bête hirsute dont les trois sœurs partageaient l'antre chassait plus souvent des vaches et des moutons que des humains.

Néanmoins, depuis que Dahlia, Capucine et Amaryllis avaient été jetées dans cette geôle, les proies du monstre étaient casquées et cuirassées une nuit sur deux... Amaryllis avait supposé que des jeunes hommes du Techtamel cherchaient à devenir des héros en tuant l'ogre de la Plaine Trouée et ses sœurs la croyaient volontiers. Heureusement pour elles, les stupides aspirants héros ne s'acharnaient pas quotidiennement sur le monstre et celui-ci rapportait parfois de la bonne viande d'élevage dans ses corridors souterrains. Quand il s'endormait, les prisonnières se nourrissaient des restes de son repas nocturne. Pour survivre et ainsi avoir une chance de se venger — c'était Dahlia qui avait présenté les choses ainsi.

Les trois sœurs se connaissaient depuis peu. À cause du roi Deodato, elles avaient été séparées à la naissance et éduquées chacune dans une région différente du Techtamel. Dahlia avait grandi près de la frontière du Siatek, et Amaryllis sur une rive de la mer Séverine. Capucine, quant à elle, avait passé sa vie loin de tout, dans les montagnes occidentales du royaume. Il leur avait fallu seize ans et une suite de hasards pour se retrouver enfin, dans le désert du Tamaris. De cela, entre autres, elles tenaient rigueur au roi. Mais par-dessus le marché, si les triplées croupissaient à présent dans des souterrains habités par un ogre, c'était parce que Deodato les avait fait capturer aussitôt qu'elles avaient remis les pieds au Techtamel. Devant les nobles rassemblés ce jour-là dans son palais, il avait feint de les accueillir avec bonté. Cependant, il s'était empressé de les faire disparaître en catimini le soir même, les donnant en pâture à l'ogre qui terrifiait les environs de la capitale...

Heureusement pour elles, Capucine, Dahlia et Amaryllis avaient déjà connu de multiples situations périlleuses avant de se retrouver dans l'antre du monstre ; elles s'étaient cachées sitôt tombées dans leur geôle, sans se laisser aller à la panique. L'imagination leur faisait encore défaut quant à la meilleure façon d'échapper à l'ogre... Toutefois, elles tenaient à voir le roi du Techtamel payer pour les malheurs dont il les avait accablées.

— J'aimerais bien qu'il nous rapporte des poissons, pour faire changement, commenta Dahlia, sardonique.

Mais cette nuit, le monstre ne rapportait dans son antre ni cadavre de guerrier, ni aucun autre gibier : les trois sœurs ouvrirent des yeux ronds quand elles constatèrent l'état dans lequel il revenait à la grotte. Du sang maculait sa toison — mais cela, c'était habituel. Seulement cette fois-ci, le sang paraissait être surtout le sien. Il s'écoulait des larges plaies qui zébraient son dos et ses flancs... Capucine hoqueta de surprise et pointa à ses sœurs le dos de l'ogre. La queue poilue était disparue, sans doute arrachée lors du combat qui l'avait mis dans cet état. Et l'un de ses bras pendait lamentablement de côté, comme si on lui avait partiellement tranché l'épaule...

— Il va mourir, annonça Amaryllis à mi-voix.

— Il est revenu avec une flèche dans un œil, il y a trois jours de cela, et il a survécu, lui rappela Dahlia.

— Pas cette fois. Il perd trop de sang. Regarde la trace qu'il laisse sur le sol.

Trois paires d'yeux se tournèrent vers l'autre extrémité de la caverne, dans la direction de l'entrée. Et en effet, sur la pierre, une longue traînée sombre marquait l'endroit où le monstre avait rampé pour revenir se terrer dans son antre. Il se laissa rouler sur sa couche avec un gémissement qui fit trembler le roc.

— Nous devrions en profiter pour l'achever !

— Avec quoi, Dahlia ? Nous attrapons chacune un os et nous lui frappons sur le crâne jusqu'à ce qu'il en meure.

Dahlia jeta un regard quelque peu amer à Capucine et Amaryllis leur intima l'ordre de se taire. Leur sécurité tenait à peu de chose. Il n'y avait guère d'endroit où se cacher, dans les souterrains qui couraient sous la Plaine Trouée ; le domaine du monstre ne comportait qu'une demi-douzaine de grottes et les trois sœurs ne devaient qu'à la chance de ne pas encore avoir été découvertes. Si la bête blessée les trouvait maintenant, elle pouvait fort bien les massacrer, malgré sa douleur...

Les trois sœurs se glissèrent discrètement dans le corridor qui menait à l'entrée, pour mettre un peu de distance entre le monstre et elles : l'entrée de leur prison consistait en une longue cheminée qui s'ouvrait dans la voûte de pierre. Même en grimpant les unes sur les autres, elles ne parvenaient pas à en atteindre l'embouchure. Seul l'ogre, avec sa taille gigantesque et ses bras démesurés, arrivait à se hisser dans la cheminée. Le roi Deodato leur avait vraiment choisi une geôle à toute épreuve.

À la grande surprise des triplées, une corde tomba à leurs pieds, par le trou au-dessus de leurs têtes. Levant les yeux, elles virent des ombres s'agiter dans l'ouverture, tout en haut, et Amaryllis fit une nouvelle prédiction :

— Voici un guerrier plus courageux que les autres. Il vient terminer ce qu'il a commencé, il vient achever le monstre.

— Et nous ?

L'expression apeurée de Capucine faisait toujours naître une vague de tendresse en Amaryllis. Elle effleura du bout des doigts la joue de sa sœur et secoua la tête :

— Il ne sait pas que nous sommes ici, Capucine. Mais je pense qu'il ne s'opposera pas à ce que nous grimpions vers la surface.

Le guerrier annoncé par la jeune fille descendit le long de la corde et atterrit devant les trois sœurs, surpris de les découvrir là. Il ne s'arrêta que le temps de leur demander si elles étaient blessées.

— Pas du tout...

Les grands yeux apeurés de Capucine ne parvinrent pas à distraire le guerrier bien longtemps : les gémissements lugubres de la bête lui remirent en mémoire la mission qu'il s'était donnée. Il leva son épée, se contenta de recommander aux trois prisonnières de fuir vers la surface et s'élança vers le fond de la caverne. L'homme avait l'air au moins aussi brave qu'Amaryllis l'avait prévu : ses cheveux, noirs de jais comme ceux des triplées, étaient retenus en une queue de cheval, son armure luisait de sang... Les jeunes filles le regardèrent s'éloigner, avant de lever à nouveau la tête vers la cheminée. Cette corde inespérée était une occasion à ne pas laisser passer.

— Allons-y !

13

Dahlia saisit la corde la première et grimpa lentement. Même pour une fille aussi athlétique qu'elle, l'exercice n'avait rien de facile. Elle éprouva du mal à se hisser jusqu'en haut de la longue cheminée et, ce faisant, ses pensées volèrent vers Capucine. Celle-ci n'était guère douée pour les efforts physiques... Deux mains s'emparèrent de Dahlia aussitôt qu'elle sortit la tête du trou et tout à coup, le sort de sa sœur lui indiffera complètement. Survivre ! À présent, c'était toujours la première pensée qui lui traversait l'esprit, dans n'importe quelle situation. Elle se débattit et essaya de compter combien d'hommes elle avait à affronter...

Capucine attrapa la corde à son tour en soupirant et Amaryllis la réconforta de son mieux :

— C'est juste un mauvais moment à passer. Prends tout ton temps. Je ne suis qu'à une minute de la liberté, alors je peux bien patienter un peu derrière toi.

Capucine se hissa péniblement, dix centimètres par dix centimètres, le visage tordu en une grimace trahissant l'effort qu'elle devait fournir. Ses bras tremblaient, ses paumes lui faisaient mal. Bien sûr, elle avait connu pire dans le désert. Mais en revenant au Techtamel, elle avait espéré que le temps de la peur et de la douleur était révolu. Elle aurait donné n'importe quoi *pour qu'il en soit ainsi ! Malheureusement, les dieux en avaient décidé autrement, pour ses sœurs et elle. Depuis longtemps, si elle devait en croire le meilleur ami de son père. Depuis avant leur naissance.*

Relevant la tête, Capucine vit que Dahlia était sortie, loin au-dessus d'elle. Une secousse à la corde lui apprit qu'Amaryllis commençait à grimper. Cela rendait les choses plus difficiles. La jeune fille osait à peine bouger, de peur de glisser et d'aller percuter sa sœur...

— Souviens-toi de ton dragon, là-bas dans le Labyrinthe, lui souffla Amaryllis.

Capucine ferma les yeux. Amaryllis savait toujours trouver les mots qu'il fallait. Elle avait deviné l'importance que le dragon Lagan avait encore pour elle, même si sa sœur n'en parlait jamais. Capucine puisa au fond de sa mémoire le courage qui lui manquait. Elle grimpa d'un mètre. Puis d'un autre. Et, bien sûr, elle finit par atteindre l'embouchure de la cheminée.

Au contraire de sa sœur, Capucine ne protesta pas quand les hommes se saisirent d'elle pour l'aider. Elle les remercia poliment — avant de remarquer que Dahlia se trouvait à califourchon sur l'un des hommes. La jeune fille tenait un couteau contre la gorge d'un guerrier et Capucine se demanda où elle avait pu dénicher une arme en un si court laps de temps... Déjà, la situation changeait : un autre homme attrapa Dahlia par derrière et la força à libérer son compagnon. Capucine n'osa pas se porter à la défense de sa sœur au milieu de tant de guerriers armés.

— Qu'est-ce qui se passe ? s'exclama-t-elle tout de même, catastrophée.

Amaryllis émergea à son tour à l'air libre. Elle jeta un coup d'œil à ses sœurs et constata que Dahlia avait réussi à se placer dans une situation embarrassante, selon son habitude : attaquer des hommes à qui on devait la liberté, il y avait de quoi être gênée ! Les explications viendraient bien vite et dissiperaient le malentendu... La jeune fille ne vit pas de raison de s'inquiéter. Elle leva plutôt la tête vers ciel. En quelques jours, la planète Tzacol avait repris sa place dans la formation cruciforme des planètes. Il y avait un peu plus d'un an que la jeune astromancienne attendait le retour de cette conjonction.

— Tout va bien, Capucine, fit-elle, rassurante.

Elle posa la main sur l'épaule de sa sœur et s'intéressa enfin à Dahlia. Il ne lui était pas trop difficile de saisir ce qui se passait. Deux groupes d'hommes s'étaient rassemblés dans la Plaine Trouée, cette nuit. Ils se ressemblaient beaucoup, cependant quelques détails étaient révélateurs, pour Amaryllis. Seulement six guerriers s'acharnaient à maîtriser Dahlia ; les sept autres gardaient leurs distances, restant près du trou, et la jeune fille en déduisit que le héros descendu affronter l'ogre faisait partie de ce deuxième groupe. La réaction des hommes, quand un cri à glacer le sang jaillit de la cheminée, confirma son impression :

— Tienko a vaincu la bête ! se réjouit l'un de ceux qui se tenaient près du trou.

— Ou bien c'est l'ogre qui l'a vaincu et il crie sa victoire, le contredit un autre, le courtaud que Dahlia écrasait sous son poids, un instant plus tôt.

— J'ai ma petite idée là-dessus, répliqua Amaryllis en levant à nouveau les yeux vers la croix, dans le ciel.

Tzacol la jaune était, après tout, la planète de la chance.

— Peu m'importe ! Je crois que nous n'avons plus rien à faire ici, insista le courtaud.

— Taisez-vous, héritier-machtli ! Nous sommes venus ici pour débarrasser le roi Deodato de ce monstre. La moindre des choses serait de laisser à Tienko le temps de remonter.

Amaryllis se tourna vers celui qui venait de parler, les sourcils arqués de surprise. Elle n'était guère familière des manières propres à la cour royale, cependant il ne lui serait jamais venu à l'esprit de parler à l'héritier-machtli sur

17

ce ton impérieux ; il était, après tout, le neveu du roi et son héritier.

— Puis-je vous demander d'où vous venez ?

— Je suis un mercenaire, lui répondit le guerrier. Mes hommes et moi, nous n'avons pas de patrie. Nous allons là où il est possible de faire fortune, nous ne devons loyauté à personne !

Néanmoins, il consentit à révéler qu'il était originaire du Mahcutal, le royaume situé juste à l'ouest du Techtamel. Amaryllis n'en fut pas surprise. Dans le désert du Tamaris, ses sœurs et elle avaient pu constater que la plupart des mercenaires étaient des Mahcutais en fuite.

— Des mercenaires, j'en ai connus des tas, fit Dahlia, approbatrice. Je les respecte : on n'a jamais de faux espoirs, avec eux !

— Et vous, héritier-machtli... ?

Le regard pénétrant d'Amaryllis se posa sur l'homme courtaud et celui-ci redressa fièrement la tête.

— Je me nomme Lucio dil Senecalès et je suis le neveu du roi Deodato. Mon allégeance ne fait aucun doute !

— À moins que la reine ne lui donne un enfant, vous êtes surtout son héritier ! précisa la jeune fille.

Capucine lui jeta un regard réprobateur et Dahlia grogna quelques mots inintelligibles.

Amaryllis, elle, ne quitta pas l'héritier-machtli des yeux. L'homme se rembrunit et Amaryllis se réjouit intérieurement. Chaque jour, elle découvrait un peu plus à quel point le hasard servait sa vengeance. Une foule d'éléments se mettaient en place d'eux-mêmes, préparant le funeste destin du roi Deodato, et si la jeune fille n'avait su lire dans les astres, elle se serait laissé prendre par surprise. Mais pour Amaryllis, il n'y avait guère de surprise.

— Vous me voyez impressionnée : je n'aurais pas cru qu'un prince se serait lancé dans une aventure aussi risquée ! ajouta-t-elle, moqueuse.

— Tout ceci devient ridicule, grommela l'héritier-machtli en s'éloignant du puits. Si Tienko avait vaincu la bête, il serait déjà remonté. Partons !

Amaryllis était persuadée qu'elle devait rencontrer ce Tienko, ne serait-ce que parce qu'il avait osé descendre dans le trou du monstre. Le soleil n'allait pas tarder à se lever. Il semblait à la jeune fille que si cet homme intrépide remontait à la surface au moment où les premiers rayons illuminaient le Techtamel, cela lui accorderait une importance indéniable. Il lui fallait trouver un moyen de retenir les guerriers encore un peu, pour vérifier son intuition...

— *Nalia, ma sœur*, fit-elle en regardant Dahlia droit dans les yeux.

Deux guerriers retenaient encore la jeune furie, sans doute de crainte qu'elle n'essaie à nouveau d'égorger le neveu du roi. Amaryllis sourit, ironique, en songeant qu'ils ne devinaient même pas à qui ils avaient affaire... Après s'être assurée que sa sœur comprenait son avertissement muet, elle se tourna vers les deux Techtas et leur jeta un regard mécontent.

— *Est-ce vraiment parce que vous craignez que ma sœur ne s'en prenne à vous que vous la retenez ainsi ou bien est-ce parce que vous n'avez pas souvent l'occasion de voir une jolie fille d'aussi près ?*

Soudain embarrassés, les hommes de l'héritier-machtli relâchèrent Dahlia en s'excusant.

— *Pourquoi ne racontes-tu pas à ces vaillants guerriers tes aventures dans le désert, Nalia ? Je suis sûre que cela les intéresserait d'apprendre tout ce qu'une jolie jeune fille peut accomplir comme exploits !*

Dahlia grimaça. Elle avait bien remarqué les regards qu'on lui jetait, malgré l'état lamentable de sa robe. Elle aurait de loin préféré qu'on ne la considère pas, cette nuit, comme une simple jeune fille en détresse. Si le roi Deodato ne l'avait obligée à troquer son pantalon pour des jupons, dès l'arrivée des triplées dans son palais, elle était certaine que les guerriers l'auraient plus volontiers jugée à sa juste valeur. De plus, le mensonge d'Amaryllis lui répugnait. Elle comprenait la nécessité de cacher à l'héritier-machtli sa véritable identité, cependant elle ne brillait pas par ses talents de comédienne et risquait seulement de les mettre dans l'eau bouillante, ses sœurs et elle.

— Je ne suis pas très douée pour raconter des histoires, Ama... ya ! improvisa-t-elle. Et si je dois raconter ce qui s'est passé dans le désert, il faudra que j'explique aussi comment je suis arrivée là. Tu sais, vraiment... Eh bien, je ne suis pas sûre que ce soit une bonne idée.

— Elle a raison !

Capucine détestait les conflits. Et dans le cas présent, elle supposait que si Dahlia décrivait comment elle avait quitté le roi Deodato, la première fois, la réaction de son neveu serait pour le moins explosive.

— Alors peut-être voudriez-vous entendre parler du Labyrinthe de la péninsule dil Cielo ?

Comme Amaryllis l'avait escompté, la mention du Labyrinthe éveilla la curiosité des guerriers. Ici, si loin au nord, la ville du légendaire Sahale était en quelque sorte un

21

mythe. *Des histoires toutes plus abracadabrantes les unes que les autres circulaient au
sujet du Maître du Labyrinthe... Et, à dire
vrai, plusieurs n'étaient pas si éloignées de
la réalité. Le sourire de la jeune fille cachait
les émotions qui l'agitaient, mais elle invita
les guerriers mahcutais et techtas à s'asseoir
pour l'écouter :*

— *J'ai grandi dans une maison au bord
de la mer Séverine, commença-t-elle, les yeux
levés vers le ciel. Ma mère adoptive... Enfin,
Tehya n'était pas vraiment une mère pour moi.
Elle m'a cependant éduquée correctement et
chez elle, je n'ai manqué de rien. Pendant seize
ans, j'ai donc vécu loin des gens, apprenant la
sorcellerie des Herbes avec Tehya, apprenant
aussi à déchiffrer les humeurs de la mer et les
secrets du ciel... Mais mon destin n'était pas
de vivre sur une plage de la mer Séverine.*

2

DANS LE SAC DU DRAGON

Le soleil se levait sous les nuages, les éclairant par en dessous d'une riche lueur saumonée. Les goélands paresseux qui se laissaient glisser au-dessus de la mer Séverine avaient aussi le ventre rose quand les matins se faisaient aussi sereins... Amaryllis entamait chacune de ses journées sur la plage, pieds nus dans le sable humide et frais. Elle se levait avant sa mère adoptive et se glissait hors de la maisonnette sans un bruit. Évidemment, il aurait été ridicule de croire que Tehya ne l'entendait pas partir ; la sorcière avait une conscience aiguë de tout ce qui se passait chez elle. Néanmoins, elle n'avait jamais tenté de la retenir. Amaryllis rapportait de ses escapades des algues fraîchement rejetées par la marée. Celles qui ne servaient pas aux repas entraient dans la composition de certaines décoctions, une fois séchées comme il fallait.

Sa mère adoptive lui avait enseigné la sorcellerie des Herbes qu'elle-même connaissait. À force d'observer la mer et ce que celle-ci abandonnait sur la plage chaque matin depuis plus de dix ans, la jeune fille savait maintenant quelles algues choisir pour obtenir les potions les plus efficaces. Elle s'était amusée à incorporer à différents rituels ce qu'elle trouvait dans le sable, elle en avait testé les effets avant d'en tirer des conclusions qui ravissaient sa mère adoptive... Pour tout ce qui provenait de la mer, Amaryllis dépassait déjà en connaissances son professeur. Tehya n'en ressentait aucune jalousie. Dès le début de son apprentissage, elle lui avait expliqué que si elle la prenait pour apprentie, c'était parce qu'elle devinait en elle une intelligence exceptionnelle :

— Car rien ne m'oblige à t'enseigner quoi que ce soit. J'ai seulement promis de te préparer pour le mariage, avait-elle expliqué à Amaryllis l'année de ses huit ans. Mais je vois en toi de grandes possibilités qu'il serait honteux de laisser dormir.

La petite Amaryllis d'alors n'en avait pas cru ses oreilles : c'était la première fois que Tehya laissait paraître un quelconque intérêt pour sa fille adoptive.

— Pour peu que tu fasses quelques efforts, je crois que tu me surpasseras très vite... Et aussi la plupart des autres sorcières des Herbes. Tu pourrais espérer devenir sorcière au palais de Zollan.

La fillette de huit ans n'avait pas ressenti l'attrait du pouvoir ou de la gloire, promise par Tehya. L'un comme l'autre laissaient toujours Amaryllis indifférente. Toutefois, l'idée d'apprendre quelque chose de nouveau lui avait plu et avait satisfait sa grande curiosité. Par ailleurs, la sorcière ne lui avait jamais caché qu'un jour, il lui faudrait gagner son pain par ses propres moyens :

— À seize ans, tu voleras de tes propres ailes. J'aurai rempli mes obligations envers toi. Tu quitteras le village et tu iras t'établir assez loin pour ne pas me voler ma clientèle. Tu te marieras peut-être. Cela m'indiffère.

Tehya n'ayant jamais manifesté d'émotion envers sa pupille, cette idée n'avait pas chagriné Amaryllis. Elle avait grandi en côtoyant les villageois qui venaient chercher baumes, charmes et potions magiques à la maisonnette de la sorcière. Amaryllis s'était liée d'amitié avec quelques enfants, mais elle n'avait partagé avec personne ses rêves et ses pensées. Le jour approchait où Tehya allait mettre un terme à ses enseignements et la jeune fille envisageait son départ avec calme. Être sorcière des Herbes ne suscitait en elle aucune passion. Tout au plus éprouvait-elle une certaine satisfaction à savoir qu'elle saurait se débrouiller pour gagner sa vie ; elle ferait très bien son travail et on la respecterait pour cela. Amaryllis ne pensait pas qu'il y eût quoi que ce soit d'autre à espérer de l'existence. Néanmoins, l'idée d'avoir à aller vivre loin de la maisonnette de Tehya éveillait son intérêt et sa curiosité...

Ce matin, observant l'immense mer Séverine, Amaryllis réfléchissait à l'endroit où elle irait. Elle pensait diriger ses pas vers l'ouest, longeant la plage jusqu'à un village dont on lui avait maintes fois parlé. Il était situé juste à la frontière entre le Techtamel et le Mahcutal ; la rumeur prétendait que seule une vieille femme à moitié folle y pratiquait la sorcellerie. La jeune fille hocha la tête pensivement et se décida : ce village inconnu valait aussi bien que n'importe quel autre. Elle annoncerait sa décision à sa mère adoptive le jour même.

Elle se détourna du soleil levant et remonta d'un pas rapide vers la maisonnette de Tehya. De l'autre côté des dunes, cependant, sitôt passé l'écran des joncs, elle s'arrêta pour observer les environs, sourcils froncés. Quelque chose clochait et Amaryllis n'arrivait pas à mettre le doigt sur ce que c'était. Ce matin, les abords de la maisonnette avaient quelque chose d'anormal... La jeune fille comprit quand elle nota qu'aucune fumée ne s'échappait de la cheminée. À cette heure, Tehya aurait déjà dû être en train de s'activer. Elle avait parlé d'une expérience qu'elle désirait mener avec des branches de thuya importées des lointaines forêts nordiques...

Le regard d'Amaryllis se porta sur un jeune homme qui se tenait à l'ombre d'un grand cyprès. C'était encore un adolescent : la jeune fille le devina à son visage imberbe et à son torse lisse. Elle estima qu'il ne devait pas être plus âgé qu'elle. Sa chevelure était garnie de longues plumes vertes et, lorsqu'il avança vers elle, Amaryllis nota sa démarche malhabile. Quand il ne fut plus qu'à quelques pas, elle vit que ses yeux rouges reflétaient l'éclat du soleil matinal. Rien de ce que Tehya lui avait appris ne lui permettait d'identifier l'être qui se tenait face à elle, cependant Amaryllis sentit son sang se glacer dans ses veines. Elle ne parvenait pas à détourner son regard de ses pupilles verticales, de ses paupières qui ne clignaient presque pas... L'idée de fuir lui vint enfin, mais trop tard. Quand la jeune fille tenta de lui échapper, l'adolescent laissa tomber le sac qu'il transportait et la poursuivit. Malgré son peu d'aisance à courir, il la rattrapa ; la maîtriser lui fut un jeu d'enfant.

— Tehya ! hurla Amaryllis en se débattant.

Mais ou bien la sorcière s'était acoquinée avec cet être inquiétant, ou bien il l'avait déjà mise à mal dans la maisonnette. Quoi qu'il en fût, personne ne se porta au secours de la jeune fille ce matin-là. Elle se retrouva enfermée dans le grand sac. Amaryllis remarqua une déchirure dans la toile, y glissa les doigts dans un vain effort pour l'agrandir... La jeune fille réussit au moins à distinguer son ravisseur en regardant par le trou. Les yeux écarquillés, elle le vit d'abord retirer son pantalon et ses sandales. Sur son torse lisse, une fiole pendait au bout d'un cordon ; le jeune homme retira le bouchon de ce singulier pendentif et aspergea ses vêtements du liquide que la fiole contenait. Puis il les fourra par-dessus Amaryllis dans le sac. Elle flaira un parfum entêtant, reconnut des effluves d'anis et de jasmin, peut-être de marjolaine... C'étaient des ingrédients qu'on utilisait pour concocter des potions soporifiques. Son esprit s'embruma très vite et la prisonnière sombra dans des rêves paisibles.

Lorsqu'elle rouvrit les yeux, on la berçait doucement. Tassée dans le sac, Amaryllis se sentait balancer d'avant en arrière ; un coup d'œil par la déchirure lui apprit qu'elle se trouvait entre les pattes griffues d'un dragon au ventre écarlate. Elle voulut apercevoir le paysage, mais à part le reptile, elle ne distinguait que le ciel infini... Après plusieurs heures monotones, des bancs de brouillard se mirent à noyer le bleu du ciel et Amaryllis se rendit à l'évidence : le dragon volait à des centaines de mètres du sol, sans doute plus haut que n'importe quel oiseau si elle ne pouvait apercevoir que les nuages autour d'eux.

Amaryllis se demanda quelle pouvait être leur destination et depuis combien de temps ils volaient... Son estomac gargouillait, mais cela ne signifiait pas grand-chose. Elle avait déjà faim au moment de sa capture. Et le trou dans le sac ne lui permettait pas d'apercevoir le sol. Le paysage défilant sous elle l'aurait peut-être renseignée sur leur destination... À condition qu'elle arrive à en identifier la topographie ! Tehya lui avait abondamment parlé des plantes qui poussaient dans les différentes régions du Techtamel, cependant la jeune fille doutait que le dragon descende assez bas pour qu'elle détaille les fleurs ou les feuilles des arbres. Puisqu'il n'y avait rien d'autre à faire, Amaryllis prit son mal en patience et réfléchit. Elle pouvait toujours essayer de trouver une raison à son enlèvement.

Fabuler apporta quelques explications absurdes à la jeune fille : sa mère adoptive lui avait raconté de nombreuses histoires et légendes, lorsqu'elle était petite. Le dragon secondait peut-être un sorcier très puissant ; celui-ci désirait épouser une jeune sorcière aux talents prometteurs... À moins qu'Amaryllis ne soit l'élément central d'une obscure prophétie ; un despote cruel aurait alors envoyé un dragon l'éliminer avant qu'elle ne cause sa perte... Plus probablement, le reptile passait aux abords de la mer Séverine lorsqu'il l'avait aperçue sur la plage, seule et vulnérable. Il l'avait capturée afin de l'enfermer dans son garde-manger. Ces bêtes-là n'avaient pas la réputation de servir les humains, quoi qu'en disent les contes... Mais l'idée d'un dragon se promenant avec un sac et des vêtements compliquait les hypothèses d'Amaryllis.

La jeune fille avait mal à la tête tant sa faim était grande, quand le dragon la laissa finalement tomber. Le sac rebondit sur le sol et la prisonnière à l'intérieur eut l'impression qu'on lui brisait tous les os du corps. La toile s'affaissa sur son visage et Amaryllis termina son atterrissage forcé en roulant sur elle-même, empêtrée dans le sac. Il ne lui fallut que quelques secondes pour se libérer : apparemment, le dragon avait cru bon de délier la corde qui fermait le sac avant le décollage... La jeune fille respira l'air frais avec satisfaction — mais sa joie fut de courte durée : immédiatement sortie du sac, elle découvrit qu'en fait, elle était toujours prisonnière du dragon. Celui-ci l'avait abandonnée dans son nid.

Un gros œuf tacheté de vert se dorait au soleil, devant Amaryllis. Mais là où un oiseau aurait tendrement accumulé les brins de paille afin de constituer un coin douillet pour ses oisillons, le dragon s'était contenté de dresser une barrière ovale avec des pierres, pour délimiter son aire. Cherchant son ravisseur, la jeune fille regarda autour d'elle et constata qu'il volait en direction du soleil couchant, serpentant élégamment entre les nuages. Elle gagna le parapet de pierres. Un seul regard la convainquit qu'il était inutile de chercher à s'échapper : de toute évidence, les dragons, comme les aigles, préféraient les hauteurs pour y pondre. Amaryllis contemplait donc le sol d'une altitude vertigineuse. Elle se trouvait au sommet d'une colonne de roc d'une dizaine de mètres de diamètre, un monument aux proportions titanesques en plein cœur d'un désert qu'elle sut identifier : le désert du Tamaris. Tehya, qui appartenait au peuple des anciens nomades pyrrhuloxias, lui avait longuement parlé des canyons de ce désert, car elle y avait passé son enfance. Le seul souvenir heureux qu'elle en gardait, avait-elle dit, était la beauté des piliers de grès sculptés par le temps.

— Vu d'ici, on peut difficilement dire que c'est une vision qui réjouit le cœur ! grommela Amaryllis.

De loin en loin, les piliers arboraient des formes verticales toutes plus fantastiques les unes que les autres. Il n'était pas difficile d'imaginer qu'il s'agissait de colosses, figés dans le roc par une puissante sorcellerie, ou bien des ruines d'un ancien temple construit par des géants... Amaryllis grimaça en sentant son estomac se contracter douloureusement. Hélas, l'aire du dragon n'avait rien d'un garde-manger. Du moins, pas pour elle : de nombreux os broyés, disséminés dans le nid caillouteux, témoignaient du goût du dragon pour la viande. La jeune fille reconnut même le crâne blanchi d'un cheval. Pas question pour elle de ronger les restes des festins de son ravisseur ! Un autre coup d'œil à l'œuf la porta à se demander si elle n'avait pas été amenée là pour servir de premier repas pour le dragonnet à éclore. La coquille intacte la rassura : l'éclosion n'était sans doute pas pour ce soir, Amaryllis aurait le temps de trouver un moyen de s'échapper. En attendant, l'œuf lui avait donné une idée.

Se penchant par-dessus les roches, Amaryllis constata que d'autres volatiles avaient élu domicile dans les hauteurs. Leurs nids, plus habituels que celui du dragon, s'accrochaient au pilier de roc. La jeune fille dut s'armer de courage pour passer tout le haut de son corps par-dessus les roches, surplombant ainsi le vide, afin d'atteindre l'un des petits nids du bout des doigts. Elle saisit un œuf grisâtre qu'elle frappa contre une pierre après une seconde d'hésitation ; elle n'aimait pas les œufs crus. Le liquide gluant lui coula dans la gorge — Amaryllis faillit vomir.

Elle venait à peine de maîtriser ses haut-le-cœur quand le dragon revint. La jeune fille distingua d'abord la ligne verdoyante qu'il formait au loin, dans le ciel indigo. À mesure qu'il approchait, elle le détailla à son aise : des cornes entourées de plumes vertes garnissaient l'arrière de son crâne allongé et d'interminables moustaches poussaient de chaque côté de son museau, flottant dans le vent. Amaryllis s'émerveilla de le voir voler ainsi, sans ailes. Le dragon évoluait avec grâce dans le ciel, scintillant comme si le soleil couchant révélait les paillettes de cuivre collées à ses écailles... Il y avait des plumes sur ses pattes, ainsi qu'à l'extrémité de sa queue... Amaryllis ne put s'empêcher de le trouver magnifique.

Assez ironiquement, lorsqu'il survola son nid, le dragon laissa tomber près de la prisonnière un mouton entier, rôti à la broche. Les dieux seuls savaient où il avait chapardé pareil butin, mais Amaryllis s'en fichait. Elle attendit un peu, pour s'assurer que la viande lui était bien destinée. Quand elle vit le dragon s'enrouler autour de son œuf, elle s'agenouilla devant le mouton encore tiède et y mordit avec appétit.

— Pourquoi m'avez-vous kidnappée ? osa-t-elle demander au dragon lorsqu'elle fut rassasiée. Je suppose que si vous me nourrissez, c'est que vous ne souhaitez pas me tuer.

Le dragon grogna et son souffle balaya les pierres qui l'entouraient, mais il ne prononça pas un mot. Ses yeux rouges la fixaient sans ciller et Amaryllis se sentit mal à l'aise ; il était impossible de deviner ce que son ravisseur pensait. Il était même impossible de savoir s'il comprenait sa langue... Les légendes affirmaient que les dragons parlaient aux hommes, mais la jeune fille n'avait jusqu'à maintenant obtenu aucune preuve qu'elle puisse se fier aux histoires de son enfance. Elle abandonna ses velléités de conversation.

La nuit tomba et, de son perchoir, la prisonnière eut l'impression de se trouver en plein ciel, au milieu d'une mer d'étoiles. Sa fascination pour les mouvements des astres se réveilla... Tehya lui avait appris à distinguer les planètes, plus lumineuses, des étoiles ordinaires. Elle localisa sans mal la petite Xipé rougeâtre et Alom la bleue, stationnaire juste en dessous depuis quelques semaines... Dans le nid du dragon, Amaryllis passa la nuit la plus fascinante de toute sa jeune existence.

Au matin, le dragon la réveilla d'un brusque coup de queue et lui fit comprendre qu'elle devait regagner le sac. Son voyage n'était pas terminé. Amaryllis ignorait toujours où le dragon l'emporterait, cependant elle osait croire que ce ne serait plus à des centaines de mètres du sol.

3

L'ÉTRANGE QUARTIER
DE LA PORTE

Le deuxième atterrissage d'Amaryllis se révéla plus pénible que le premier : le dragon se contenta de laisser tomber le sac du haut des airs. Le choc violent des hanches de la prisonnière avec le sol lui arracha un cri de douleur. Dire qu'elle avait cru son premier atterrissage brutal ! Cette fois, son dos la faisait tant souffrir qu'elle éprouva du mal à s'extirper du sac — et quand elle en trouva finalement la force, ce fut pour découvrir que le dragon n'était déjà plus qu'une ligne émeraude dans le ciel rosé d'une belle fin de journée. La jeune fille pesta tout bas. Elle avait cru que son ravisseur se métamorphoserait à nouveau en homme, que sous cette forme il répondrait aux questions qui la taraudaient... Elle ramena son regard vers le paysage qui l'entourait.

Devant elle, la mer s'étendait à perte de vue. Vision rassurante pour la jeune fille : le dragon l'avait abandonnée sur une plage de sable doré que les vagues léchaient avec brusquerie. La marée montait. Amaryllis se sentit bizarrement rassérénée à cette idée. Elle se trouvait certainement à des centaines de kilomètres de chez elle, mais elle n'était pas perdue. Elle pouvait encore lire la mer et comprendre ses humeurs... Elle se doutait bien que l'étendue d'eau où elle plongeait à présent les pieds n'avait rien à voir avec la mer Séverine. À en juger par la position du soleil couchant, Amaryllis faisait face au sud ; or, la mer Séverine s'étendait au nord de son village natal. Et la température ici était sensiblement plus chaude qu'au Techtamel.

Le dragon l'avait donc transportée au-delà du désert du Tamaris. Jusque-là, la jeune fille ignorait qu'il y avait une autre mer, loin au sud de son pays natal. D'ailleurs, elle n'était même pas certaine qu'elle aurait su situer le désert par rapport au Techtamel, sur une carte, malgré les histoires que lui avait racontées Tehya. Elle finit pourtant par grimacer un sourire, car elle aimait les défis. Vivre ici ou dans un village bâti sur les berges de la mer Séverine... Le temps était venu pour elle de prendre un nouveau départ, de toutes façons.

Sur cette pensée optimiste, elle pivota sur elle-même. Une muraille beige se dressait face à la mer. Des créneaux arrondis en garnissaient le sommet, des meurtrières le perçaient irrégulièrement et des tours carrées, situées juste derrière, se lançaient à l'assaut du ciel... La jeune fille remarqua surtout la trace verdâtre, horizontale, sur la pierre lisse au bas du mur : la marée montait jusqu'à se fracasser contre cette forteresse. Et le mur semblait s'étirer jusqu'à la mer, autant à droite qu'à gauche...

« Je n'ai guère le choix », songea Amaryllis avec résignation.

Elle aurait préféré ne pas entrer tout de suite dans ce qui lui semblait être une forteresse. Elle aurait aimé avoir le temps de faire le point, essayer de juger de l'endroit où elle se trouvait. Mais la mer ne lui en laisserait pas l'occasion. Amaryllis abandonna le sac de toile à la marée montante et se hâta vers l'ouverture trapézoïdale qu'elle voyait, une trentaine de mètres plus loin. Un cliquetis de chaînes la poussa à accélérer. Devant l'entrée, elle constata que son intuition l'avait bien servie : à l'intérieur des murs, six hommes s'échinaient sur une grande roue de bois, actionnant le mécanisme qui refermait la porte.

— Attendez ! cria Amaryllis.

Deux autres hommes, torse nu et vêtus de pantalons de cuir orangé, se tournèrent vers la jeune fille, perplexes. Elle sentit qu'ils détaillaient sa robe de nuit sale, ses longs cheveux noirs emmêlés. Ils hésitèrent, et Amaryllis devina qu'ils ne l'empêcheraient pas d'entrer. Aux bandeaux richement brodés qui ornaient leur front, elle avait vu en eux des officiers quelconques... Toutefois, ils ne semblaient posséder ni l'autorité de la laisser à la merci de la mer, ni celle de lui offrir l'hospitalité. La jeune fille décida à leur place : elle s'élança résolument vers la porte et se glissa entre les battants de métal qui se refermaient l'un sur l'autre comme des mâchoires dentelées. Le treuil ne ralentit même pas.

— Qui es-tu ?

— Je me nomme Amaryllis. J'arrive du Techtamel.

La porte finit de se refermer avec un claquement qui fit tressaillir la jeune fille. Les hommes qui avaient actionné la roue s'en éloignèrent, épongeant la sueur de leur front, et le deuxième officier leur ordonna de ne pas se disperser. Pendant ce temps, celui qui lui avait demandé son nom sembla méditer la réponse d'Amaryllis, avant d'avouer son ignorance :

— Où c'est, le Techtamel ?

Amaryllis ne put s'empêcher de sourciller. Le royaume où elle avait grandi n'était pourtant pas parmi les plus petits, sur les côtes de la mer Séverine. Des pèlerins venus de plusieurs royaumes éloignés se rendaient à Yurraga écouter le murmure du vent dans les feuilles du ceiba sacré, l'Arbre au Centre du Monde... Car le Techtamel était le centre du monde civilisé ! La jeune fille se demanda où le dragon l'avait emportée pour qu'on ignore jusqu'à l'existence de ce puissant royaume ! Mais avant qu'elle ne tente une explication, le deuxième officier la bombarda de questions :

— Tu n'es pas venue en bateau, n'est-ce pas ? Le passeur ne fait qu'un voyage par jour ; il ne s'est pas déplacé juste pour toi, non ? Alors es-tu tombée du ciel ?

— Je viens du ciel, oui.

Les regards apeurés renseignèrent Amaryllis sur au moins une chose : ici non plus, il n'était pas courant de voir des dragons. Profitant du silence, elle osa demander où elle se trouvait.

— À l'entrée du Labyrinthe, pardi !

La réponse n'était pas rassurante.

— Mais... Dans quel royaume ?

— Aucun, que je sache. Bon, la péninsule appartient aux Cohuans en ce moment, mais je crois que les Apahos ne toléreront pas la tutelle longtemps et se révolteront... De toutes façons, on s'en fiche ! Nous sommes à l'abri de ces guerres, dans le Labyrinthe !

Amaryllis partageait son point de vue : les guerres locales ne l'intéressaient pas. Elle ne souhaitait que s'orienter et jusqu'à maintenant, les réponses des deux officiers ne l'aidaient pas.

— Et par rapport au désert du Tamaris, où se situe votre Labyrinthe ?

— Au sud, répondit sans hésitation le premier des deux officiers.

— Mais non, Demesi : le désert se trouve à l'ouest de la péninsule.

Face à tant d'ignorance, la jeune fille soupira. De leur côté, les hommes qui avaient actionné le treuil montraient des signes d'impatience. Ils finirent par protester bruyamment et les deux officiers se souvinrent des autres tâches qui les attendaient. Ils plantèrent Amaryllis au milieu de la rue en s'excusant :

— Nous avons beaucoup à faire ! Et le Carnaval commence ce soir. Nous ne voulons pas rater le début de la fête... Va voir le capitaine du quartier si tu veux qu'on te trouve du travail !

La jeune fille les entendit évoquer une rivière dont il fallait fermer la digue ; elle n'eut le temps de s'informer ni du Carnaval, ni de ce capitaine de quartier avant de voir le groupe s'éloigner en vitesse. Le soleil se trouvait si bas sur l'horizon, à présent, que seules les plus hautes tours de la cité étaient encore nimbées de cramoisi. La rue où Amaryllis se tenait — un large corridor encombré d'étalages hétéroclites — était plongée dans une pénombre inquiétante. Des gens s'activaient néanmoins aux étals alignés le long des murs ; des marchands, sans doute, qui rangeaient leur inventaire. Certains se contentaient de cacher paniers et chapeaux sous des toiles huilées avant de dresser leur paillasse contre les murs de pierres beiges. Ceux-là habitaient directement dans l'entrée du Labyrinthe, vivant de ce qu'ils vendaient aux passants. Amaryllis supposa que la navette, évoquée par l'officier de la porte, faisait l'aller-retour entre cette partie de la péninsule et le continent, apportant des produits à troquer contre ceux du Labyrinthe... D'autres commerçants avaient mieux réussi à tirer leur épingle du jeu : ils empaquetaient bijoux, légumes ou poissons avant de s'éloigner d'un pas fatigué, traînant leurs invendus. Ils s'en allaient peut-être au Carnaval...

— Pouvez-vous me dire où trouver le capitaine de quartier ? demanda la jeune fille à une femme, assez jolie malgré les cicatrices que la petite vérole avait laissées sur sa peau. Pouvez-vous me dire quelle est cette mer, de l'autre côté du mur ? Dites-moi au moins quand on viendra ouvrir la porte à nouveau !

Elle n'obtint que des marmonnements en guise de réponse. Tous les habitants de la rue observèrent la nouvelle venue avec le même air méfiant et craintif. Amaryllis, découragée, leva les yeux vers le ciel. Des fenêtres, haut perchées au-dessus des étalages, prodiguaient un peu de lumière. Là-haut, des ombres occultaient parfois la lueur tremblotante de chandelles. Des gens qui se préparaient sans doute pour la fête. La jeune fille serra les bras autour de son corps. La maisonnette qu'elle avait partagée avec Tehya lui manquait. Il n'avait pas fallu longtemps pour que son bel optimisme s'envole. Elle ressentait comme une douleur le besoin de rentrer à la maison, de s'asseoir à table avec quelqu'un, devant un bon repas... Un peu d'eau de mer suinta de sous la porte. La jeune fille se questionna sur l'étanchéité de celle-ci et préféra suivre le même chemin que les citadins. Malgré ses réticences, il lui fallait bien pénétrer plus avant dans l'étrange ville. Elle jeta un dernier regard aux hommes et aux femmes qui se préparaient pour la nuit, indifférents à la fine couche d'eau qui couvrait peu à peu les pavés, et pria tous les dieux de ne jamais finir comme eux, sans logis et sans but. Elle se jura que même s'il fallait qu'elle s'établisse dans cette bizarre cité, elle saurait y faire sa place et devenir la plus estimée des sorcières des Herbes !

Le corridor se terminait sur une intersection en « T », quelque cinquante mètres plus loin. À gauche, un large escalier montait vers une arche à laquelle quelqu'un avait suspendu des cordes de diverses longueurs ; certaines pendaient lugubrement jusqu'au sol, comme à un gibet... À droite, une ruelle partait plein nord, parsemée de portes encaissées dans les murs et de fenêtres grillagées. Des déchets jonchaient le sol de part et d'autre de l'intersection et une cascatelle d'un liquide brunâtre dévalait les marches de l'escalier... Aucune des deux voies qui s'offraient à elle n'inspirait confiance à Amaryllis. Elle n'avait jamais mis les pieds dans une ville fortifiée, elle n'arrivait pas à estimer la superficie du Labyrinthe. Elle ignorait même s'il s'agissait vraiment d'un Labyrinthe ou si c'était seulement une façon qu'avaient les habitants de qualifier leur cité. Cependant, elle refusa de se laisser aller au découragement. Elle voulait croire qu'il existait une raison précise à sa présence ici et qu'elle finirait par comprendre pourquoi le dragon l'avait capturée... Mais pas avant de s'être reposée. La journée passée à voyager dans le sac du dragon l'avait éreintée et elle avait mal partout, à cause de sa chute sur la grève.

« Demain matin, il sera toujours temps de réfléchir », décida-t-elle, choisissant la voie de droite au hasard.

Vêtue d'une robe de nuit tachée, ne possédant manifestement rien, la jeune fille ne se serait jamais attendue à ce que quelqu'un s'en prenne à elle. Pourtant, elle n'avait pas fait cinq pas dans la ruelle sombre qu'un être rondouillard se laissa tomber sur elle du haut des airs. C'était un gobelin. Amaryllis en avait vu deux en captivité, un jour où Tehya l'avait amenée à une foire pour y vendre des amulettes. Petits et biscornus, ils inspiraient bien davantage la pitié que la peur, de l'avis de l'apprentie sorcière. Mais quand le gobelin attaqua Amaryllis, dans la ruelle, elle ne put retenir un cri d'effroi. D'abord, bien sûr, parce que son assaillant la prit par surprise et ensuite, parce qu'il était armé.

— *Di forwke, bonus twork apréön !* hurla le gobelin, ses griffes manquant de peu le visage de la jeune fille.

Il se reçut souplement sur les pavés et s'éloigna d'Amaryllis en quelques bonds. Le nabot avait des bras courts qui se terminaient par des mains à trois doigts. Ses jambes arquées ne lui permettaient de se déplacer qu'avec une balourdise risible. La manière dont il maniait ses armes, cependant, n'avait rien de ridicule. Il lança vers Amaryllis une hachette garnie de plumes et la lame passa à moins d'un centimètre du visage de la jeune fille. Elle cria de plus belle :

— Au secours !

Personne n'accourut pour l'aider. Le gobelin prit lourdement son envol, battant de ses grotesques petites ailes de cuir, son museau effilé pointé en direction de sa proie. Amaryllis se mit à courir, espérant ainsi semer l'incongru volatile, mais celui-ci la stupéfia par sa vitesse ; il rejoignit rapidement la jeune fille et, avec le couteau qui lui restait, il s'efforça de lui crever les yeux. À court d'idées pour échapper au gobelin, Amaryllis se recroquevilla sur elle-même et protégea sa tête de ses bras. Elle sentit que la lame lui tailladait la clavicule, déchirant sa robe de nuit en même temps que sa peau...

— Kuiver !

La voix aiguë éclata dans la ruelle et couvrit les plaintes d'Amaryllis. L'effet de cet ordre crié ne se fit pas attendre : le gobelin cessa immédiatement de bouger, si bien qu'il s'écrasa aux côtés de sa proie comme une poche de farine. La jeune fille le contempla un instant avant d'oser se redresser. Les yeux du nabot continuaient de la fixer avec une haine déroutante, cependant ses membres restaient paralysés. Amaryllis remua l'épaule ; le couteau du gobelin ne s'était pas enfoncé très profond dans sa chair, néanmoins il avait dû trancher dans le muscle, car chaque mouvement était douloureux. Par pure vengeance, elle asséna un coup de pied dans l'abdomen du nabot et lui vola son couteau.

— Crapoussin ! cracha-t-elle à son endroit.

Cette insulte lui avait déjà valu un œil au beurre noir, de la part d'un des garçons du village près duquel elle avait grandi... Amaryllis leva les yeux et chercha d'où était venu le secours. Des silhouettes sombres s'écartèrent vivement des fenêtres, les curieux qui s'étaient massés au bout de la ruelle se dispersèrent à la vitesse de l'éclair. Au bout du compte, seul le visage délicat d'une fillette resta visible, appuyé aux barreaux qui bloquaient sa fenêtre. Avec ses grands yeux couleur de ciel et ses cheveux blonds, la petite avait un air fascinant et exotique. Amaryllis, curieuse, s'approcha sous la fenêtre.

— C'est toi qui as crié ?

La fillette se contenta de la dévisager en silence.

— Est-ce que c'est cela qui m'a sauvée ? Ce cri que j'ai entendu ?

Cette fois, la petite fit discrètement signe que oui. Décontenancée, Amaryllis la dévisagea longuement, cherchant que dire à quelqu'un qui se refusait à parler.

— C'est très étrange. Si c'est vrai, c'est une sorcellerie dont j'ignore tout, fit-elle.

La petite muette ne bougea ni ne pipa mot.

— Alors, heu... Merci. Et bonsoir !

La jeune fille s'attendait à voir encore le petit visage bouger de haut en bas comme celui d'un pantin. Cependant, cette fois, l'enfant fit un geste de la main devant sa poitrine en souriant. Puis elle forma deux « V » de ses doigts et les cogna l'un sur l'autre, bougeant ses lèvres comme pour articuler les mots qu'elle ne pouvait prononcer. Déçue, Amaryllis grimaça un sourire :

— Je ne comprends rien à ce que tu mimes. Je suppose que... tu ne peux descendre dans la ruelle ?

La fillette secoua la tête d'un air désolé.

— En tout cas, j'espère te revoir un jour. Je me nomme Amaryllis.

Les doigts de la petite s'agitèrent près de son visage, aussi vite que les ailes d'un colibri, et Amaryllis la surnomma ainsi : Colibri. Elle la salua d'un sourire empli de regret et continua son chemin.

Était-ce à cause du couteau qu'elle tenait d'une poigne ferme ? Nul ne l'importuna plus. Lorsqu'elle croisa le veilleur de nuit du quartier de la Porte, quelques mètres plus loin, il la salua aimablement du chef avant d'allumer le réverbère au bout de la courte ruelle ; elle s'enhardit et lui demanda conseil :

— Je ne sais pas où aller, avoua la jeune fille.

— C'est pas les habitations qui manquent, dans le quartier, si t'as un travail officiel.

— Non, justement. Pas encore.

— Dans ce cas, je te suggère la ruelle, là-bas.

Le veilleur lui pointa une allée complètement plongée dans l'obscurité. Il lui expliqua que les soldats du Maître étaient passés le soir même et qu'ils avaient capturé le voyou qui y logeait depuis des semaines. Il n'était pas défendu de dormir dans les rues du Labyrinthe, du moins pas dans ce quartier mal famé, cependant il était interdit d'échapper trop longtemps à la justice de Sahale...

— Ça m'étonnerait qu'on le revoie, ce voyou ! conclut le veilleur. D'après ce que je sais, personne n'a encore pris possession de son coin et c'est une ruelle tranquille. Si j'étais toi, j'en profiterais !

— On m'a parlé d'un capitaine de quartier...

— Si j'étais toi, répéta le veilleur, je me contenterais de la ruelle.

Amaryllis refusa l'offre en quelques mots polis. L'homme la prévint qu'à faire la fine bouche, elle se retrouverait dans un bordel de bas étage, haussa les épaules et passa son chemin en bougonnant. La jeune fille se demanda un instant ce qu'elle avait dit de si insultant pour vexer le veilleur et se demanda qui pouvait bien être ce Sahale. Sans doute un magistrat, chargé de faire régner l'ordre... Elle haussa les épaules à son tour.

Un deuxième escalier se dressait devant elle, permettant de grimper de quelques étages, et deux passages étroits s'ouvraient à sa droite sur des profondeurs du Labyrinthe dont elle préférait ne pas percer la noirceur. Entre ces deux voies, une tour triangulaire se dressait sur plusieurs mètres, reliée aux maisons qui lui faisaient face par deux passerelles en mauvais état. Une femme fumait au balcon du troisième étage. Elle interpella Amaryllis entre deux nuages de fumée :

— Qu'est-ce que tu vas faire, la belle ? Je t'ai vue parler à la petite Beretrude. Est-ce qu'elle t'a répondu quelque chose ?

— Non. Elle n'a rien dit.

Beretrude. Ainsi, ce prénom aux consonances étrangères appartenait à la petite blonde. La femme continua de fumer tandis qu'Amaryllis se demandait qu'ajouter. Il ne semblait pas possible de converser normalement, dans ce Labyrinthe... La tête lui tournait à force d'avoir faim et la blessure à son épaule l'élançait terriblement, mais elle n'osait quémander quoi que ce soit à la placide fumeuse. Elle s'adossa à un mur, fixant l'escalier sans se décider à le monter.

— Ce n'est pas un soir pour vagabonder, ajouta tout à coup la femme.

— Je n'ai pas le choix. Je n'ai nulle part où aller.

— Vrai ?

Son étonnement devait être feint. Si elle l'avait vue parler à l'enfant, elle avait certainement aussi entendu sa conversation avec le veilleur de nuit. La femme laissa tomber le mégot de ce qu'elle fumait et se pencha dangereusement par-dessus le garde-fou du balcon. Elle observa Amaryllis dans la lueur ambrée du réverbère ; son examen dut la satisfaire, car elle lui demanda de l'attendre un moment avant de disparaître à l'intérieur de la tour.

Le moment s'éternisa. La jeune fille finit par s'asseoir contre le mur de la tour, sous l'une des deux passerelles. Comme la femme ne réapparaissait pas, Amaryllis ferma les yeux et se laissa aller au sommeil, le couteau sur les genoux.

4

LA FOLIE DU CARNAVAL

Quand elle reprit ses esprits, Amaryllis se trouvait allongée sur une paillasse, dans une pièce sombre. Une chandelle posée sur une tablette de pierre brûlait en dégageant une fumée malodorante. La jeune fille sentit un pincement à son épaule blessée — quelqu'un lui tripotait le bras. La lame d'un couteau luisit dans la lumière de la chandelle et Amaryllis essaya désespérément de se redresser.

— Laissez-moi !

Celui qui la plaquait contre la paillasse rit, mais l'empêcha de bouger :

— Comme je le disais, le seul moyen de retrouver toute la souplesse de ton épaule sera de rester allongée pendant une semaine, sinon deux.

— Une semaine couchée, pour une coupure à la clavicule ? protesta Amaryllis.

Elle fronça les sourcils. La sorcellerie des Herbes utilisait aussi des plantes médicinales ordinaires et Tehya avait pris soin d'enseigner à sa pupille la façon dont on réalisait les meilleurs cataplasmes. Mais même sans les connaissances qu'elle possédait, la jeune fille aurait deviné que l'homme qui se penchait sur elle n'était pas guérisseur. Celui qui lui prodiguait ses conseils absurdes était un charlatan... Et d'ailleurs, sa peau trop pâle ne lui inspirait aucune confiance !

— Tu n'imagines pas la dette que tu auras à me rembourser si je t'héberge aussi long-temps, intervint la voix de la fumeuse.

Assise au pied du lit, la femme tenait un bâton d'encens entre ses doigts fins. Amaryllis redressa la tête pour mieux la dévisager et lui trouva un air sournois qui ne lui plut pas. Inquiète de se découvrir si mal entourée, elle s'assit sur la paillasse et arracha le bandage qui enserrait son épaule. Reniflant la mix-ture qu'on lui avait appliquée, elle identifia avec soulagement l'odeur caractéristique de la framboise. Si le fruit écrasé ne valait pas grand-chose pour soigner les blessures, au moins il n'empirerait pas l'état de la plaie. La jeune fille soupira, laissant le pâlot refaire le bandage, et secoua la tête avec lassitude.

— Pas question que je demeure couchée pendant une semaine, trancha-t-elle. Et je ne resterai pas ici, non plus.

L'homme termina d'enrouler la bandelette de tissu avant de se tourner vers la blessée. Son haleine empestait l'ail et le vin ; Amaryllis réprima son envie de se lever pour mettre le plus d'espace possible entre le charlatan et elle. La prudence était de mise.

— Accepte, idiote ! Il n'est plus si facile de se faire embaucher dans le Labyrinthe, même dans un bordel ! Cette dette pourrait se transformer en un emploi stable.

— Je ne me contenterai pas de n'importe quel emploi, grommela la jeune fille. Et d'ailleurs, je ne vais peut-être pas rester longtemps dans votre Labyrinthe.

À en juger par leurs rires entendus, Amaryllis n'était pas la première à servir ce discours à l'homme et la femme. Peut-être avaient-ils juré eux-mêmes, à une époque, que ce quartier dégoûtant ne serait qu'une étape dans leur vie... La jeune fille imaginait mal comment quelqu'un éprouverait la moindre envie de passer son existence dans une cité si immonde !

— Je vais donc m'en aller, poursuivit Amaryllis en se mettant debout, car pour l'instant, le Carnaval m'attend.

La femme et l'homme rirent de plus belle. Ils ne firent pas un geste pour lui indiquer la sortie. Regardant autour d'elle, Amaryllis nota que nulle fenêtre, nulle porte n'étaient visibles. Des tissus aux motifs fléchés pendaient du plafond, dissimulant tous les murs de la pièce triangulaire, créant une ambiance étouffante et poussiéreuse.

— Le Carnaval t'attend, répéta l'homme, hilare. Et qu'espères-tu y trouver que cette maison ne peut t'offrir ?

— Le Maître du Labyrinthe, bien sûr. Pourquoi serais-je venue de si loin, sinon pour le rencontrer ?

Amaryllis bluffait. Utilisant le peu qu'elle avait réussi à apprendre sur la cité où elle avait été parachutée, elle espérait se sortir de ce mauvais pas. Elle n'avait jamais manqué d'audace ; il était possible que cette qualité lui serve cette fois-ci encore :

— Croyez-moi si vous le voulez, mais une chose est sûre : peu de visiteurs arrivent ici par la voie des airs, portés par un dragon. Je ne suis pas quelqu'un d'ordinaire.

La jeune fille supposait que tous les habitants du Labyrinthe avaient remarqué le passage du dragon. À en juger par la réaction des deux officiers de la porte, le caractère exceptionnel de son arrivée dans la cité pouvait être exploité. Et de fait, le pâlot en resta interdit. La femme, quant à elle, ne se laissa pas impressionner. Elle sourit avec flegme et se contenta de repousser une tenture, révélant une deuxième pièce. Un escalier de pierre commençait de ce côté, permettant de descendre vers les étages inférieurs de la tour. Soulagée, Amaryllis la remercia et s'apprêtait à sortir de la chambre quand la fumeuse l'arrêta. Elle lui tendit une chemise et une jupe de coton rouge en lui recommandant de les porter, si elle souhaitait attirer l'attention de Sahale. Amaryllis secoua la tête, notant au passage que Sahale et le Maître étaient une seule et même personne :

— Non, merci. Je préfère ne pas avoir de dette envers vous.

— Je te les offre, la belle.

— Pourquoi ?

— Sahale ne se laisse approcher par personne, expliqua la femme avec un demi-sourire. Mais en ce moment, les planètes forment une croix dans le ciel et les astromanciens disent que cette formation annonce de grands changements. Je parie sur toi.

Amaryllis haussa les sourcils. Tehya aussi avait attiré son attention sur cette configuration du ciel. Et bien que la sorcière des Herbes ne disposât pas d'une fortune suffisante pour s'assurer les services d'un véritable astromancien, elle s'intéressait assez à cette science pour se risquer à quelques prédictions. De façon plutôt prévisible, Tehya étant d'un naturel pessimiste, la sorcière croyait fermement que les planètes en croix signalaient une catastrophe à venir...

— Je doute d'être assez importante pour que les planètes s'alignent en mon honneur.

— Je parie sur toi, répéta la femme.

Amaryllis jugea qu'il valait mieux ne pas insister. Profitant de cette occasion inespérée, elle accepta les vêtements. La fumeuse lui permit en outre d'utiliser le temescale de la tour. Le cagibi avait des murs de pierre et jouxtait une étroite pièce qui servait sans doute de cuisine. Une écuelle d'eau attendait près de la porte, les herbes aromatiques se trouvaient dans une poche de jute à l'intérieur du temescale... La jeune fille y resta plus longtemps qu'il n'était nécessaire, profitant de la vapeur chaude et relaxante. Quand elle en sortit, fleurant bon le basilic avec lequel elle venait de se frotter, l'expression du pâlot fut assez éloquente pour que la jeune fille se passe de miroir. La teinte grenat du tissu mettait son teint foncé en valeur, les rayures de la jupe accentuaient sa minceur. Les broderies autour du col étaient des symboles astrologiques qu'Amaryllis identifia avec amusement. De toute évidence, si le hasard la menait face à Sahale, elle serait mieux préparée à le rencontrer, ainsi vêtue...

Son couteau toujours bien en main, elle quitta la tour au milieu de la nuit pour se risquer à nouveau dans les ruelles du quartier de la Porte. Cette fois, cependant, grâce aux instructions de la fumeuse, elle savait où diriger ses pas. Elle n'avait pas encore décidé si elle tenterait le sort et se rendrait directement à la taverne où le Maître du Labyrinthe passait généralement la première nuit du Carnaval... Amaryllis grimpa l'escalier qui faisait face au bordel et contourna la colonne qui se dressait au milieu de l'intersection pour poursuivre son chemin vers la droite. Elle traversa un pont qui enjambait une cour intérieure, suivit le coude d'une rue fortement escarpée — déjà, la jeune fille nota un changement. Il ne planait plus dans les rues cette odeur malsaine, faite d'urine et de déchets en décomposition, qui imprégnait les abords de la Porte. Les fenêtres n'arboraient plus systématiquement des barreaux. Néanmoins, à force de marcher entre des murs de pierre vertigineux, Amaryllis ressentait une oppression désagréable : elle qui avait grandi sur les rivages de la mer Séverine, elle éprouvait du mal à évoluer dans les ruelles étroites. Il lui faudrait sortir du Labyrinthe pour respirer à nouveau normalement.

La jeune fille commençait à se faire une meilleure idée de cette cité où le dragon l'avait laissée. Elle ressemblait bien à un Labyrinthe, avec ses corridors et ses escaliers qui partaient dans toutes les directions, avec les habitations informes, garnies de toits de palme, qui s'appuyaient contre les hauts murs de roc... Celles-là ne faisaient sûrement pas partie du Labyrinthe, initialement. Amaryllis présumait qu'au départ, la cité n'avait été qu'un dédale de corridors.

— C'est à croire que quelqu'un s'est amusé à construire un jeu à échelle humaine ! pouffa-t-elle.

Tant qu'à faire des suppositions farfelues, la jeune fille pouvait bien se dire que le Labyrinthe était l'ouvrage des géants pétrifiés du désert... Néanmoins, elle voyait bien que certaines maisons avaient été construites en même temps que les murs, avec la même pierre jaunâtre. Quelqu'un avait donc habité ici, à l'époque où il n'y avait pas encore toutes ces habitations-parasites aux toits de feuillages. Les lampadaires éclairaient les trous que le temps avait creusés dans la structure de la cité, aidé dans son œuvre de démolition par les plantes tropicales qui égrainaient le roc. Par endroits, on distinguait même des restes de peinture, mais en général, le Labyrinthe était d'un beige uniforme et déprimant. Amaryllis posa pensivement les doigts sur la pierre.

— Étrange cité...

Elle devina que le Labyrinthe bénéficiait d'une deuxième vie et que, par la force des choses, il abritait plus de gens qu'autrefois. Cela expliquait les maisonnettes aux toits de palme.

« Mais qui donc vivait ici, au départ ? »

Amaryllis ne s'attarda pas. Elle passa sous une maison qui s'appuyait sur ses voisines comme sur des pilotis et fit fuir un trio de singes roux. Elle sentit dans son dos le regard malin de deux gobelins poilus, tassés dans une alcôve sous la maison, et leva plus haut la lame de son couteau. De l'autre côté, elle arriva enfin face à la tour qui permettait de changer de quartier et de pénétrer dans le Carnaval. La fumeuse lui avait décrit la porte au centre de la tour, elle l'avait prévenue qu'un garde armé se tiendrait devant. Même pendant le Carnaval, le Maître du Labyrinthe souhaitait que les allées et venues de tout un chacun soient contrôlées. Certains quartiers n'avaient pas droit aux festivités, d'ailleurs, et celui de la Porte en faisait partie. Le garde était donc là pour empêcher ses habitants de passer outre à l'interdiction... Mais aussi pour empêcher les fêtards de s'égailler dans le quartier de la Porte et d'y semer le désordre.

La fumeuse l'avait surtout prévenue que les soldats de Sahale consentaient des exceptions chaque année. Il suffisait parfois de revêtir un costume somptueux, de porter un masque audacieux ou, simplement, d'être jolie. Amaryllis, pour sa part, comptait plutôt sur le dragon. Cependant, lorsqu'elle se trouva face au garde, la jeune fille découvrit un détail qu'elle n'avait pas prévu : il était armé d'un mousquet. Face au canon de l'arme à feu, elle ne trouva pas les mots pour bluffer encore. Elle écarquilla les yeux, se demandant où elle passerait la nuit si le garde lui refusait le passage... La musique et les rires qui lui parvenaient étaient fort attirants.

— Il est bien tard pour te joindre au Carnaval ! la salua le soldat, à peine plus vieux qu'Amaryllis, en détournant son mousquet.

En un flash, la jeune fille se souvint de ce que disait Tehya : le hasard n'existait pas. Un *dragon* l'avait enlevée à son quotidien pour la laisser aux portes d'un Labyrinthe, le *jour même* du Carnaval. Cela semblait indiquer qu'Amaryllis *devait* se mêler aux fêtards. Les planètes formaient une croix dans le ciel... Et Alom la bleue était stationnaire aux côtés de la grosse Tzacol... Même le ciel poussait la jeune fille vers le Carnaval.

— Tu sais que normalement, je n'ouvre jamais cette porte. Et surtout pas à cette heure !

— J'ai fait une sieste, pour mieux profiter de la nuit, et je me suis réveillée en retard.

— Un baiser et un secret, alors, lui demanda le garde en lui faisant signe de s'approcher. En échange, je te laisse entrer.

Amaryllis resta interdite un instant : elle ne connaissait guère de secrets ! Se décidant rapidement, elle déposa un baiser sur les lèvres tendues du garde.

— Je suis celle qui est arrivée au Labyrinthe avec le dragon.

Ce n'était pas vraiment un secret, néanmoins cette révélation fit l'affaire. Le garde pâlit et porta les doigts à ses lèvres, comme s'il regrettait soudain le baiser. Reculant pour éviter de frôler Amaryllis, il lui ouvrit la porte en grand.

— Le Maître voudra sûrement vous rencontrer, mademoiselle, murmura-t-il en abandonnant le tutoiement. Les elfes ne parlent que de votre arrivée spectaculaire ! Mais si j'étais vous, j'essaierais de me faire oublier. Surtout des elfes.

La jeune fille hocha la tête en remerciement et passa la porte, songeuse. Dans l'obscurité de la tour, elle distingua des ombres inquiétantes et crut voir des yeux dorés qui luisaient faiblement, au niveau du plafond... Devant elle, les contours d'une deuxième porte la poussèrent à se hâter dans cette direction.

Elle émergea en plein Carnaval. La fumeuse n'avait pas menti : les vêtements rouges convenaient très bien aux festivités. Il semblait que la population entière du Labyrinthe s'était rassemblée dans le carrefour hexagonal que la tour surplombait et tout le monde ici était vêtu de couleurs vives, sinon criardes. La pleine lune baignait la scène de sa lumière argentée, cependant des lanternes de papier, suspendues en travers de la plazza, projetaient des touches de rouge, d'orange et de jaune sur les danseurs. L'alcool coulait à flots, les fêtards armés de leur chope s'éclaboussaient à qui mieux mieux ; des barils ouverts, au coin des murs, permettaient de puiser à nouveau le précieux liquide que l'on avait répandu sur les pavés... Différents musiciens jouaient des mélodies variées dans un chaos musical où il devenait difficile de suivre le rythme... Et à travers ce délire, les fêtards arboraient des visages de cauchemar.

Un deuxième garde, le visage rayonnant, se tenait de l'autre côté de la tour. Celui-là aussi était armé. Il n'adressa pas la parole à Amaryllis, pourtant elle resta figée à ses côtés, le temps de se demander si elle souhaitait vraiment plonger dans le Carnaval. Elle risquait fort de ne rien en retirer : à la fin de la fête, autant de questions resteraient sans réponse !

Elle craignait que ce Carnaval ne soit trop effréné pour elle. Les gens se tenaient trop près les uns des autres à son goût. D'ailleurs, elle ne portait pas de masque... La jeune fille se tourna vers le garde et lui demanda de rouvrir la porte pour elle.

— J'ai changé d'avis, je ne veux plus danser, expliqua-t-elle.

Mais le garde se contenta de secouer plaisamment la tête, hilare. Un fêtard affublé d'un masque de tortue s'approcha et lui offrit une chope d'alcool, qu'il accepta avec un beuglement qui ressemblait à un cri de ralliement militaire. La tortue se tourna ensuite vers Amaryllis...

— Je n'ai rien à faire ici ! s'exclama-t-elle, sentant une panique inexplicable l'envahir.

Un deuxième fêtard, torse nu et musclé, peinturluré de symboles incompréhensibles, sautilla jusqu'à la porte et attrapa Amaryllis par le bras. Elle cria et se débattit jusqu'à ce que l'homme la lâche en riant. Il lui adressa quelques mots dans une langue à laquelle elle ne comprit rien, puis il retira son masque. Il s'agissait d'un masque de dragon, qu'il lui tendit avec des paroles d'encouragement.

— Non ! C'est très aimable, mais...

L'homme insista tant que la jeune fille finit par céder, ce qui parut le ravir.

— *Yupanqui nusta*, fit-il avec une révérence.

Et avant qu'Amaryllis ne lui demande s'il s'agissait là de son nom, il se mêla à nouveau à la foule et disparut dans le Carnaval. Elle le chercha des yeux un moment ; son regard croisa celui d'un autre homme, revêtu d'une magnifique cape dont les plumes blanches s'assortissaient à sa longue chevelure de neige. Sous son masque de poisson, son regard pétillant suscita l'intérêt de la jeune fille. Mais lui aussi s'inclina devant elle avant de se laisser avaler par la foule.

— Attendez !

Évidemment, les cris d'Amaryllis se perdirent dans le brouhaha du Carnaval. Elle haussa les épaules et se décida à imiter les deux hommes. Elle ajusta le masque sur son visage. Et comme si cela faisait vraiment toute la différence, le Carnaval s'empara d'elle sitôt que ses traits furent dissimulés. On l'intégra à des rondes, on l'entraîna dans des danses qui tenaient bien davantage d'une inconcevable gymnastique que d'une harmonieuse succession de mouvements. Et enfin, la jeune fille qui cherchait des questions et des réponses dans tout ce qui l'environnait cessa de réfléchir. Elle se laissa emporter par la frénésie du Carnaval jusqu'à oublier ce qui l'avait amenée là, jusqu'à oublier qu'elle ignorait tout de ce qu'elle ferait après. Les rires l'emportèrent, avec les mains de tant d'étrangers qu'elle renonça à esquiver les caresses. Elle goûta aux alcools entêtants de plusieurs barils et prit plus d'une douche de houblon...

À la fin, quand la lune fut couchée et qu'il ne resta plus que les lanternes pour illuminer les extravagances du Labyrinthe, Amaryllis avait si mal aux bras et aux jambes qu'elle s'éloigna de la foule, cherchant un endroit où s'asseoir. Elle dut marcher un bon moment pour échapper au Carnaval et trouver un endroit où se reposer. Bien sûr, son esprit tenta de se remettre en marche, mais la tête lui tournait tant que la jeune fille ne réussit pas à s'orienter. À force de bifurquer à droite et à gauche, elle finit par descendre un escalier casse-cou qui la mena dans un cul-de-sac tranquille. Elle s'assit sur la dernière marche avec un soupir et retira son masque. Elle savoura l'air frais sur son visage en sueur et essaya de se concentrer sur ce qui l'entourait.

L'alcool rendant tout très flou, elle éprouva beaucoup de mal à discerner clairement les détails du cul-de-sac. Elle parvint tout de même à reconnaître quatre portes en ogive et deux échelles de bois qui montaient vers d'autres portes : là-haut, quelqu'un avait construit des maisons de bois, à cheval sur les murs de pierre. Amaryllis se demanda quelles seraient ses chances de dormir sur un bon matelas moelleux si elle osait aller frapper à ces portes... La tranquillité ne dura pas. Des exclamations, dans son dos, la firent se retourner. Un groupe d'une demi-douzaine de fêtards descendit l'escalier en titubant, appuyés les uns sur les autres ; ils faillirent piétiner Amaryllis.

— Mille excuses, jolie demoiselle ! bafouilla celui, au centre, qui portait un masque d'oiseau.

Amaryllis ne répondit pas et les autres s'esclaffèrent, visiblement trop ivres pour renchérir. Au bout de la ruelle, qui avait pourtant semblé déserte à la jeune fille, un instant plus tôt, des silhouettes indistinctes jaillirent de derrière une échelle.

— Je ne sais pas pourquoi je suis ici, poursuivit l'oiseau, mais si tu es la surprise qu'on m'a promise, j'en serai ravi !

Ses compagnons lui clouèrent le bec en l'entraînant plus loin. Amaryllis vit les deux groupes marcher l'un vers l'autre et se fondre en un seul. Dans l'amalgame des corps, une lame fut brandie. Et l'oiseau disparut dans la mêlée avec une exclamation aiguë.

Quand les silhouettes s'écartèrent les unes des autres, l'homme au masque d'oiseau gisait par terre. Dégrisée dans l'instant, Amaryllis distingua le couteau sur les pavés, taché de sang, et elle comprit qu'elle venait de se transformer en témoin gênant. Elle se redressa d'un bond et son regard croisa celui du plus corpulent des meurtriers. Elle étouffa une exclamation paniquée. Elle faillit lui crier que, sous son déguisement de taureau, il était méconnaissable, qu'il n'avait rien à craindre d'elle... Sous l'intensité de son regard, les mots restèrent bloqués dans sa gorge. Les autres murmurèrent entre eux — pour une fois, Amaryllis mit sa curiosité en veilleuse. Elle abandonna le masque de dragon et entreprit de remonter l'escalier. Le taureau fit un geste, ordonnant à ses acolytes de poursuivre la jeune fille, et les dix hommes s'engagèrent à sa suite. Un coup d'œil par-dessus son épaule glaça le sang d'Amaryllis ; elle espéra retrouver rapidement les danseurs du Carnaval pour se dissimuler parmi eux... Elle percuta un trio de fêtards et perdit le peu d'avance qu'elle avait gagné sur les meurtriers.

Il s'agissait de trois personnes masquées de loups chatoyants qui s'embrassaient à qui mieux mieux. Ils l'intégrèrent spontanément à leurs caresses, la ramenant avec allégresse dans l'escalier. La jeune fille tenta en vain de leur échapper, cependant elle comprit qu'il était trop tard : même si elle réussissait à s'extirper du trio passionné, elle tomberait entre les mains des assassins. Elle changea donc d'idée. Comprenant où se trouvait son salut, elle se lova contre l'un des hommes et passa avec lui sous le nez du taureau, qui choisit de ne pas intervenir. Ils parvinrent tous les quatre indemnes à l'une des portes, encastrée au fond de la ruelle, et tandis que la femme la déverrouillait, Amaryllis osa jeter un coup d'œil aux assassins. La silhouette massive du taureau était disparue et ses complices quittaient la ruelle. Alors seulement le trio remarqua le corps étendu sur les pavés.

— C'est un meurtre ! hurla la femme masquée de plumes noires. Au secours, par tous les Esprits ! Au secours !

Elle se réfugia en catastrophe à l'intérieur de sa maison et essaya d'en claquer la porte, mais Amaryllis eut la présence d'esprit de la bloquer avec son pied. Les deux hommes restèrent paralysés sur le seuil. Ils retirèrent leurs loups et hésitèrent... Ils sursautèrent avec le même cri d'effroi qu'Amaryllis quand le cadavre remua.

— Par les démons ! jura l'un des hommes.

L'autre se porta immédiatement au secours du fêtard au masque d'oiseau et Amaryllis le suivit. Elle n'avait jamais vu la mort de si près, Tehya s'était toujours chargée des mourants. La jeune fille nota la tunique bleue imbibée de sang...

— Sahale, fit le mourant.

Sa voix avait perdu tout l'entrain qu'elle avait eue lorsqu'il avait salué Amaryllis.

— Ne bougez pas, bégaya celle-ci en s'agenouillant près de lui. Je suis sorcière... Sorcière des Herbes. Je vais vous aider...

Elle retira doucement le masque d'oiseau et retint un haut-le-cœur quand elle vit la bave carmin qui s'écoulait d'entre les lèvres du mourant.

— Attention... Sahale... Tzacol.

L'homme expira dans un gargouillis sans qu'Amaryllis ait compris le sens de ses ultimes paroles. Les deux hommes poussèrent alors une exclamation atterrée et obligèrent la jeune fille à se relever en vitesse.

— C'est la merde ! Il faut partir avant que les elfes ne débarquent ici ! grogna l'un des hommes.

La fausse chevelure attachée au masque d'oiseau avait dissimulé les oreilles pointues du mourant. Cette nuit, quelqu'un dans le Labyrinthe avait osé assassiner un elfe immortel...

5

COMMÉRAGES ET RÉBELLION

Amaryllis passa ce qui restait de la nuit dans le taudis au fond du cul-de-sac en compagnie de la femme et des deux hommes qui lui avaient sauvé la vie. Craignant que les sbires de Sahale ne leur mettent l'assassinat sur le dos, ils se terraient dans l'unique pièce où ils avaient entraîné Amaryllis, restant loin de la fenêtre et refusant d'allumer la moindre bougie. Aux questions de la jeune fille, ils répondirent par des chuchotements qui ne la satisfirent pas.

— Mais vous le connaissiez, le mort ?

La femme, terrorisée, secoua la tête en affirmant qu'aucun elfe n'habitait le quartier. Elle ajouta qu'il était même préférable d'éviter cette racaille... Étrangement, cette réponse ne cadrait pas avec ce qu'Amaryllis avait appris au sujet des elfes : selon les contes de Tehya, ceux-ci habitaient un royaume à la fois fabuleux et lointain auquel les humains ordinaires n'avaient pas accès. Ils vivaient dans la paix et la richesse ; ni la mort, ni la maladie ne dévastaient leurs terres. On les disait aussi sages que les mythiques Saeculas eux-mêmes, plus beaux que la lune et le soleil réunis... De ce dernier point il avait été difficile de juger, dans l'obscurité de la ruelle.

— Je croyais que les elfes ne pouvaient pas vivre avec les humains, soupira-t-elle. Que les Saeculas les avaient exilés dans leur royaume merveilleux en leur interdisant de revenir.

— Pfft ! siffla la femme, dédaigneuse. Toutes ces histoires de sages ancêtres... Ce sont des contes pour enfants ! En réalité, les elfes travaillent pour Sahale. Ils accomplissent la plupart de ses sales besognes et si, pour une fois, c'est l'un d'eux qui a goûté à la lame d'un couteau...

L'expression de la femme disait bien que cet assassinat la réjouissait autant qu'il l'alarmait : à coup sûr, le Maître du Labyrinthe ne laisserait pas les coupables impunis. Amaryllis ressassa un moment les légendes qu'elle connaissait. Quelque chose, au sujet des elfes, la tracassait. Comme un souvenir sur lequel on cherche à mettre le doigt mais qui ne cesse de s'esquiver... Pourtant, à force de se creuser les méninges, elle finit par se remémorer un détail qui ne l'avait pas spécialement inté-ressée, lorsque Tehya lui avait raconté ces histoires, mais qui pouvait se révéler d'une importance capitale, aujourd'hui :

— Et les dragons ? demanda-t-elle fébri-lement.

Les deux hommes lui firent les gros yeux et la jeune fille s'excusa d'avoir parlé trop fort. Elle jugeait ridicule de chuchoter ainsi, mais elle redoutait qu'ils ne la jettent dehors si elle ne leur obéissait pas.

— Quoi, les dragons ?

— La légende dit qu'ils sont partis avec les elfes. Alors... Y a-t-il des dragons dans le Labyrinthe ? Travaillent-ils aussi pour Sahale ?

— Par tous les Esprits ! N'avons-nous pas assez des elfes sans y ajouter des dragons ?

— Sahale n'est pas assez puissant pour contrôler des dragons, voyons !

Amaryllis n'insista pas. Elle sourit, ce-pendant, et songea que rencontrer le Maître du Labyrinthe pourrait finalement se révéler crucial. Si les elfes et les dragons étaient bel et bien liés, si les elfes travaillaient pour Sahale... À première vue, rien ne justifiait que celui-ci ait chargé un dragon de voler jusqu'à la mer Séverine pour y enlever une jeune fille et la ramener dans son Labyrinthe. Mais c'était une piste et Amaryllis entendait ne rien négliger qui puisse lui permettre de comprendre ce qui lui arrivait.

L'esprit obnubilé par le cadavre de l'elfe et par ses dernières paroles énigmatiques, la jeune fille dormit mal. Lorsqu'elle se réveilla, il lui semblait qu'elle n'avait fermé l'œil qu'un moment. Le soleil était néanmoins bien levé. Amaryllis regarda autour d'elle, ébaucha un sourire en notant que les deux hommes s'étaient endormis en montant leur garde inutile et décida de partir avant leur réveil. La femme, quant à elle, ronflait en position fœtale, directement sur le plancher de pierre. La jeune fille la contourna et sortit dans la ruelle.

Quelqu'un avait emporté le corps pendant la nuit et il avait plu, ce qui avait lavé la trace de sang sur les pavés. Il ne restait rien dans la ruelle pour prouver que le drame avait bien eut lieu. Amaryllis se répéta les dernières paroles de l'elfe, telles qu'elle se les remémorait : « Attention à Tzacol, Sahale. » Elle se demanda ce que la grosse planète avait à voir avec cet assassinat, elle se demanda surtout si les meurtriers avaient tenté d'empêcher Sahale de recevoir ce message... Le Labyrinthe était un endroit déroutant où il n'était pas facile de choisir son allégeance. Néanmoins, Amaryllis ne se sentait aucune sympathie envers les mécréants qui tuaient des immortels. Elle remonta l'escalier et essaya de retrouver le chemin vers la plazza où elle avait tant dansé, la veille. Elle avait été trop ivre pour se préoccuper de son couteau, mais ce matin, elle aurait donné cher pour se souvenir de l'endroit où elle l'avait posé...

À la lumière du soleil, le quartier semblait très différent : plus terne, plus banal. Ce que les lanternes, la veille, avaient nimbé de couleurs flamboyantes apparaissait maintenant sous son vrai jour ; les murs du Labyrinthe étaient ici de pierre presque blanche et les rares figures sculptées qui ornaient les coins des murs avaient beaucoup souffert du passage du temps. Certes, des fanions trempés pendaient toujours à toutes les arches et à tous les ponts qui enjambaient les rues principales. Des guirlandes de fleurs ayant perdu la plupart de leurs pétales décoraient en outre plusieurs balcons, mais la magie du Carnaval paraissait s'être évaporée pendant la nuit.

La musique résonnait néanmoins toujours aussi fort : Amaryllis comprit vite que le Carnaval n'était pas l'affaire d'une seule nuit.

Plusieurs individus se promenaient encore avec leur masque, tandis que d'autres, comme la jeune fille, allaient le visage à découvert. À en juger par les traits tirés, la plupart ne s'étaient pas encore arrêtés pour dormir. Des hommes et des femmes aux costumes de plumes iridescentes défilaient dans les rues en chantant, accompagnés de flûtes et de tambours. Des acrobates suivaient le cortège et bousculaient même les fêtards qui s'approchaient trop... Parce qu'elle était étrangère à ce quartier, il aurait fallu qu'elle paye quelques piécettes pour obtenir une tortilla chaude, garnie d'un mélange d'œufs brouillés et de haricots rouges, que les marchands distribuaient. La nourriture fit saliver Amaryllis, mais puisqu'elle ne possédait rien, elle dut se contenter de la bière gracieusement offerte par le Maître du Labyrinthe.

Il semblait que les barils étaient sans fond. L'alcool, si tôt le matin, fit vite tourner la tête à la jeune fille. Au point où elle en oublia toute prudence : elle osa questionner les gens au sujet du meurtre dont elle avait été le témoin involontaire. L'indifférence se mua en peur quand elle mentionna que la victime était un elfe. Les sourires s'effacèrent instantanément et on s'écarta d'elle comme d'une pestiférée. Ceux qu'elle poursuivit de ses interrogations ne savaient rien du drame et ne voulait pas en entendre parler...

La jeune fille finit par noter qu'on la dévisageait de loin. L'expression des gens n'avait rien de rassurant. Quoiqu'elle éprouvât du mal à réfléchir clairement, Amaryllis préféra ne pas attirer davantage l'attention sur elle. Il devait être possible de glaner des informations sur les elfes en choisissant mieux ses questions...

Amaryllis parvint à retrouver la large plazza et la tour par où on pouvait regagner le quartier de la Porte. Ce matin, les commerçants y avaient en partie repris leurs droits : leurs kiosques se dressaient au milieu des habitations construites en hexagone. Un fêtard avait réussi à grimper au sommet d'une colonne tronquée et les commerçants l'invectivaient à qui mieux mieux, lui promettant les pires châtiments s'il vomissait sur leurs étals... Le Carnaval avait pris un autre visage, tout aussi insensé que celui de la nuit précédente.

La jeune fille passa de kiosque en kiosque, faisant connaissance avec les gens. Il ne leur fallut que quelques secondes pour comprendre qu'elle était nouvellement arrivée dans le quartier : ses questions concernant Sahale vendirent la mèche. Les citadins étaient plutôt bavards et se plurent à raconter à la jeune fille l'histoire du Labyrinthe.

L'endroit, une ancienne cité abandonnée des Saeculas, n'était guère plus qu'une ruine lorsque Sahale, capitaine d'un bateau pirate en perdition, s'était échoué sur la péninsule dil Cielo. À cette époque, la forêt tropicale y avait repris ses droits depuis belle lurette. La plupart des constructions de la cité tenaient néanmoins encore debout et Sahale avait décidé de s'y établir avec son équipage. Il leur avait fallu des années pour déraciner les plantes qui encombraient les rues et chasser les animaux qui s'y étaient établis. Cependant, en fouillant les ruines, ils avaient découvert un véritable trésor, laissé par les Saeculas. D'un commun accord, ils avaient rafistolé leur navire éventré et avaient remis les voiles vers LaParse, le royaume dont ils étaient originaires, afin d'aller vendre une partie de ces richesses exotiques. Lorsqu'ils étaient revenus dans la péninsule, une trentaine de personnes s'étaient jointes à eux, désireuses de fonder un nouveau royaume.

— Avec les années, des gens venus de tous les coins du monde ont trouvé le chemin de la péninsule dil Cielo et se sont établis dans le Labyrinthe, conclut une tisserande particulièrement bavarde. Sahale accueille tous ceux qui souhaitent participer à son grand rêve. Ici, il a construit une société meilleure où les chances sont égales pour tout le monde. Ici, chacun travaille au bonheur de tous et personne ne cherche à s'enrichir.

Amaryllis grimaça. Ce que la tisserande disait sonnait plutôt comme un texte appris par cœur. Elle se demanda à quel point le Labyrinthe était vraiment cet oasis utopique qu'on lui décrivait.

— Nous sommes maintenant quelques milliers à vivre ici !

— Vraiment ? Quel exode !

— Ne va pas croire que tout ça s'est fait en quelques années, rigola la femme. Il y a déjà cinquante ans que Sahale a pris possession du Labyrinthe avec son équipage.

— Et il gouverne toujours ?

La jeune fille n'avait pas imaginé que le Maître du Labyrinthe serait un vieillard décrépit. La façon dont les gens parlait de lui semblait plutôt sous-entendre qu'il menait les choses à sa guise, d'une poigne de fer.

— Il ne nous gouverne pas ! s'insurgea un commerçant.

— Pourquoi l'appeler le Maître, dans ce cas ?

— Parce que le Labyrinthe est sa création. Parce qu'il nous y garde prisonniers !

Tout autour de l'homme et d'Amaryllis, les gens leur intimèrent le silence. Parler ainsi du Maître portait malheur. Beaucoup de gens disparaissaient, chaque année, sans que l'on retrouve leur corps. Les elfes de Sahale étaient partout ; même si on ne les voyait pas, ils entendaient tout et agissaient en conséquence.

— Sahale, c'est Sahale. Point final. Il veille sur nous.

— Et le reste du monde ? Les autres royaumes vous acceptent bien ? Ils ne vous craignent pas ?

— Sahale nous garde en dehors du monde. Loin des guerres. Les elfes se chargent du commerce avec les autres royaumes, mais personne ne vient dans le Labyrinthe. Nous sommes trop différents, il n'y aurait pas de paix possible si le Labyrinthe était grand ouvert...

— C'est Sahale qui dit ça ?

Cette fois, personne n'osa répondre. Il n'en fallut pas plus pour qu'Amaryllis comprenne la situation. Elle avait bien saisi le caractère chimérique du Labyrinthe : quoique le Maître fût manifestement persuadé d'avoir créé une cité idéale, la vérité était tout autre. Les citadins de la péninsule étouffaient et le mécontentement risquait d'éclater à tout moment. Amaryllis sourit, intéressée malgré elle : à présent, il lui brûlait de rencontrer ce vieux rêveur despotique ! Mais un tabou semblait peser sur le Maître du Labyrinthe. Tout au plus la jeune fille réussit-elle à apprendre qu'il vivait dans le mur ceinturant la ville et aussi — mais cela ne faisait pas l'unanimité — dans les sous-sols.

— Il y a des passages secrets dans toutes les murailles du Labyrinthe. Ils permettent à Sahale et à ses elfes de nous observer et de se déplacer sans être vus, lui expliqua la tisserande de la plazza.

La jeune fille prit ces informations avec un grain de sel. Elle imaginait mal pourquoi un homme qui gouvernait toute une cité ressentirait le besoin de se cacher. Néanmoins, ce qu'elle venait d'apprendre relançait sa réflexion. Troublée et affamée, Amaryllis pénétra dans une taverne pour y quémander un repas. En échange, elle comptait offrir ses services. Après tout, même dans le Labyrinthe les gens pouvaient avoir besoin d'une sorcière des Herbes. Elle ignorait où elle trouverait de quoi exercer son métier, car la végétation qui poussait entre les habitations lui était majoritairement étrangère... Sans l'avoir choisi, elle se retrouva dans l'établissement qu'affectionnait Sahale.

Prise par la frénésie du Carnaval, elle avait complètement oublié les indications de la fumeuse. Cependant, quand elle entra dans la taverne et qu'elle vit la sphère insolite, suspendue au-dessus des tables et bigarrée de jaune et d'orangé, elle comprit immédiatement où elle se trouvait. Cette taverne avait été nommée en l'honneur de la planète Tzacol. Les neuf autres planètes du ciel étaient peintes directement sur la pierre des murs. Dans des alcôves situées au niveau du plafond, différentes statues représentaient les neuf Esprits... La jeune fille resta bouchée bée sur le pas de la porte. Elle se remémora les paroles de l'elfe assassiné : « Attention. Sahale. Tzacol. » Malgré le nom de l'endroit, pas un instant elle n'avait fait le lien avec la taverne dont la fumeuse lui avait parlé. Plus elle y songeait et plus il y avait de significations possibles à l'énigme du mourant. C'en était trop, même pour une intelligence aussi vive que la sienne. Elle soupira de découragement.

— C'est pour boire ou manger ? l'interpella finalement le tavernier.

Amaryllis oublia son projet d'offrir ses services. Elle faillit répondre au tavernier qu'elle était ici pour rencontrer le Maître du Labyrinthe, mais une affirmation aussi directe risquait de lui apporter des ennuis. Les trois autres clients, attablés devant des assiettes bien remplies, l'ignoraient avec tant de concentration qu'ils écouteraient sans doute la moindre de ses paroles.

— Cela dépend... Sahale a-t-il passé la nuit ici ?

— Non. Pour la première fois depuis des années, il a boudé ma taverne, répondit précautionneusement l'homme.

Il observa Amaryllis, la propreté douteuse de son ample blouse — sa blouse du rouge de la guerre... La jeune fille lui retourna crânement son regard. Le tavernier était vêtu comme la majorité des autres commerçants du quartier, toutefois il ne leur ressemblait pas. Les gens du Labyrinthe, pour la plupart, arboraient les mêmes caractéristiques raciales que les paysans du Techtamel : cheveux de jais, pommettes hautes et lèvres minces. Le tavernier avait quant à lui un nez plat, quasi inexistant, et des lèvres charnues au milieu d'un visage rond comme la lune. Songeant aux gobelins qu'elle avait croisés et aux boucles blondes de la petite Beretrude, Amaryllis conclut que la population du Labyrinthe était plus hétéroclite qu'elle ne l'avait soupçonné.

— Il t'a donné rendez-vous ? Tu viens pour le rencontrer ? insista l'homme.

Amaryllis ne répondit pas tout de suite. Comment avouer, en effet, qu'elle doutait des raisons qui motivaient ses décisions ? Elle demeurait persuadée que la formation cruciforme des planètes lui envoyait un message qu'elle saurait déchiffrer, si seulement elle pouvait s'arrêter et réfléchir dans le calme. Alors elle comprendrait enfin dans quel but le dragon l'avait abandonnée à la porte de cette cité insensée.

— Je suis ici à cause de Tzacol, fit-elle sous le coup d'une brusque inspiration. Parce qu'elle a sa place dans la croix des planètes. Je crois que... Je sais que c'est cette croix qui m'amène. Xipé, le miroir rouge qui fume, est central dans cette formation : il est donc temps d'agir. Chicuatli la bleue chapeaute la croix. Nous pouvons nous attendre à l'inattendu !

Le visage de la fumeuse surgit dans la mémoire d'Amaryllis. Celle-ci avait voulu la rapprocher de Sahale à cause de la croix dans le ciel et la jeune fille avait tourné ses paroles au ridicule. Aujourd'hui, dragon ou pas, il ne lui semblait plus si idiot que l'alignement des planètes ait quelque chose à voir avec sa présence dans le Labyrinthe. Elle qui n'avait jamais rien choisi de sa vie, elle qui ne s'était jamais vraiment inquiétée de ce qu'il adviendrait d'elle dans l'avenir, elle ressentait une émotion fébrile à prononcer ces paroles prophétiques. Tout à coup, quelque chose d'intense se trouvait à sa portée ; elle n'avait qu'à tendre les doigts pour s'emparer de cette destinée grandiose.

— Je suis la messagère, celle qui regarde les planètes et interprète la volonté des dieux, termina-t-elle. Est-ce que cela veut dire que j'ai quelque chose à voir avec Sahale ? Je le crois.

L'homme sembla apprécier la réponse de la jeune fille. Il s'inclina respectueusement devant elle et l'entraîna vers une porte masquée par une tenture noire. De l'autre côté, deux femmes travaillaient dans la chaleur de la cuisine. L'une d'elles devait être la fille du tavernier, car elle lui ressemblait énormément. L'autre femme, plus gracieuse malgré son âge avancé, pouvait être son épouse.

— Quel est ton nom, astromancienne ? lui demanda le tavernier en l'installant devant un bol de haricots et de maïs.

— Amaryllis.

— Tu es originaire du Vispanise ?

Situé au nord de la mer Séverine, le Vispanise était l'un des royaumes avec lesquels le Techtamel entretenait le plus de liens commerciaux. La jeune fille ne put s'empêcher de sourire, ravie. Le tavernier était la première personne qu'elle rencontrait, dans le Labyrinthe, qui paraissait connaître autre chose que des approximations concernant le reste du monde. Elle entama avec joie la nourriture qu'il lui offrait.

— Non, je viens du Techtamel.

— Que fais-tu dans le Labyrinthe ?

— Un dragon m'y a amenée. J'ignorais pourquoi jusqu'à ce que je remarque la formation céleste qui nous gouverne, ces jours-ci. À présent, je comprends que je dois m'acquitter d'une mission avant de retourner chez moi.

Le tavernier la dévisagea quelques secondes d'un air songeur. Il ordonna à sa fille d'aller veiller au bien-être des clients, puis il s'assit devant Amaryllis et planta son regard dans le sien.

— Comment peux-tu déjà être astromancienne ? Tu es encore jeune.

— J'ai été recueillie et éduquée par une sorcière des Herbes, expliqua Amaryllis entre deux bouchées. C'est elle qui a éveillé mon intérêt pour les astres. Et vous ? Comment se fait-il que vous connaissiez le Vispanise et le Techtamel ?

— Je me nomme Tonatiuh. Mes parents ont longtemps été esclaves, dans le désert, mais ils étaient d'origine vispanaise. Ils se sont enfuis alors que ma mère était enceinte de moi. Nous avons abouti dans la péninsule dil Cielo quand j'avais une dizaine d'années.

À l'amertume de son ton, Amaryllis devina que l'ironie du sort le laissait mortifié : s'enfuir, survivre à la longue traversée du désert et même d'une partie de la forêt tropicale, pour finir entre les murs du Labyrinthe, d'où personne ne sortait...

— Lorsque je quitterai le Labyrinthe, vous verrez, tous, que ce n'est pas une prison.

La femme, qui n'avait pipé mot depuis l'entrée d'Amaryllis, riposta que ce n'était pas si mal, le Labyrinthe. On y vivait en sécurité, loin de la guerre et de la folie des rois, si l'on savait se mêler de ses propres affaires. Chacun y trouvait à travailler, si cela l'intéressait, et même les mendiants réussissaient à tirer leur épingle du jeu... Amaryllis ne put s'empêcher de grommeler que les elfes qui mouraient en plein Carnaval devaient être d'un avis différent. Un silence gêné plana dans la cuisine.

— Et Sahale ? Comment puis-je le rencontrer ?

— Ah, Sahale... Il ne reviendra pas dans le quartier avant quatre mois. Il ne se montre ici que lors des fêtes.

— C'est donc vrai ? Il vit dans le mur d'enceinte ?

— Il vit partout. Les tours du Labyrinthe lui appartiennent. Si tu veux le rencontrer, cependant, tu devras attendre qu'il vienne à toi. C'est ainsi que fonctionne Sahale.

— Pas moi. Moi, j'irai à lui.

La femme murmura quelque chose au sujet de planètes et de cataclysme ; cela ressemblait trop aux discours de Tehya, Amaryllis ne se laissa pas distraire.

— Je longerai le mur d'enceinte sur toute sa longueur, s'il le faut, mais je veux rencontrer Sahale !

— Non, Amaryllis : pour suivre la muraille, tu devrais te perdre dans les dédales des quartiers périphériques ou grimper par-dessus les toits... Les soldats t'abattraient à vue si tu tentais cela. Et, pire encore, tu attirerais l'attention des elfes avant que Sahale ne sache que tu existes. Essaie plutôt de parvenir au centre du Labyrinthe, dans le quartier des Jardins. On dit que là-bas, Sahale se promène sans masque.

La jeune fille hocha la tête, gravant l'information dans sa mémoire. Malheureusement, le tavernier lui confirma ce qu'elle devinait déjà, à savoir qu'il était presque impossible de passer d'un quartier à l'autre. La meilleure piste dont il eût entendu parler concernait les égouts. Des gens y vivaient et on disait d'eux qu'ils avaient conclu un marché avec Sahale. Du moins, ils fabriquaient de l'alcool de contrebande qui échappait aux taxes du Maître, ce qui prouvait sans doute qu'ils ne lui rendaient pas de comptes... Pour échapper à l'attention des elfes, le tavernier conseilla à Amaryllis de tenter sa chance dans les égouts.

— Au fait, pourquoi avoir transformé votre auberge en temple dédié aux planètes ? lui demanda la jeune fille à brûle-pourpoint.

— Comment séduire Sahale, autrement ? Sa clientèle m'est précieuse.

— Mais Tzacol ? insista la jeune fille. C'est la planète du taureau, elle symbolise la part de monstruosité en chacun de nous... N'est-ce pas inconvenant ?

— Au contraire. J'ai trouvé que cela allait à merveille à Sahale. Lui-même a ri, la première fois qu'il est entré chez moi et qu'il a vu cette énorme planète au-dessus des tables.

Amaryllis comprit deux choses : d'abord que le Maître du Labyrinthe s'intéressait à l'astromancie et ensuite, qu'il avait le sens de l'humour. Elle se promit de jouer ses cartes de façon à profiter des deux particularités. Quand elle sortit de la taverne cependant, avec la monnaie d'or que Tonatiuh lui avait fournie et une carte approximative du désert qu'il avait héritée de ses parents, la jeune fille aperçut la petite Beretrude. Tout le reste devint secondaire.

6

UNE ESCLAVE EN CADEAU

L'enfant blonde marchait aux côtés d'une femme d'âge mûr vêtue de noir. Elles se procuraient de la nourriture tout en profitant du Carnaval, allant d'un étal à l'autre en dansant gaiement. Amaryllis nota les joues et les lèvres fardées de la femme, sa démarche aguichante et sa coiffure complexe avant de remarquer la laisse qu'elle tenait. Quand elle vit que le collier ajusté de Beretrude était lié à cette laisse et que la femme fardée traitait la petite muette comme un animal de compagnie, la jeune fille s'en offusqua bruyamment.

— Comment osez-vous traiter une enfant de la sorte ?

Son exclamation lui valut un battement de cils surpris, de la part de Beretrude, et un regard courroucé, de la part de la femme à ses côtés. Deux fêtards passablement ivres éclatèrent de rire et parièrent qu'il y aurait un combat sur la plazza, mais le marchand dont l'étal jouxtait la taverne de Tonatiuh avertit Amaryllis de se taire.

— Ne te mêle pas de ça, lui conseilla-t-il. C'est une esclave et, de toute façon, elle est beaucoup mieux avec Metzli qu'avec son précédent propriétaire !

— Vous la connaissez donc bien ?

Le marchand poussa un soupir excédé et somma Amaryllis de déguerpir. Tout ce bavardage était mauvais pour les ventes, selon lui... Mais encore aujourd'hui, les gens paraissaient bien plus intéressés par les barils de bière que par les bijoux du marchand. Une troupe de danseurs passa en virevoltant au centre de la plazza, coiffés de chapeaux tous plus grotesques les uns que les autres, cachant Beretrude aux yeux d'Amaryllis pendant une minute ou deux. Lorsqu'ils disparurent, la jeune fille nota que la femme fardée n'avait pas bougé d'un centimètre. Leurs regards se rencontrèrent et se toisèrent. La curiosité d'Amaryllis fut instantanément piquée. Elle avança résolument vers le singulier duo.

Si la gestuelle de Beretrude avait été incompréhensible pour Amaryllis, dans la ruelle, en revanche la femme fardée comprenait très bien son esclave. De ses mains, la fillette effleura sa joue droite puis mima la pousse d'une fleur. Elle les agita ensuite de façon désordonnée l'une au-dessus de l'autre... Ses lèvres bougeaient toujours en silence.

— Ainsi, tu es nouvelle dans le Labyrinthe, lança la femme en guise de bonjour. Et tu crois que tu connais suffisamment ma Beretrude pour juger de la façon dont je la traite.

Amaryllis la dévisagea en silence. La femme se pencha vers elle et lui conseilla rudement de ne plus les approcher, à moins d'avoir d'excellentes raisons de le faire.

— Et quelles raisons seraient suffisantes ?

— Tout ce que tu pourras m'apprendre au sujet d'un elfe malchanceux sera suffisant. À moins que tu n'aies déjà choisi le camp de Sahale ?...

La jeune fille en resta coite. Quelqu'un avait dû lui parler des questions dont elle avait harcelé les gens, ce matin-là. Le marchand de bijoux avait appelé cette femme Metzli, il avait paru savoir un tas de choses à son sujet. Des choses qu'il répugnait à partager avec une nouvelle venue... Dans le Labyrinthe, cette femme devait être quelqu'un d'important et d'inquiétant à la fois. Se remémorant les regards agressifs dont elle avait été la cible,

Amaryllis n'osa lui demander pourquoi elle s'intéressait à l'elfe au masque d'oiseau. Le sou donné par Tonatiuh pesait dans sa main, lui rappelant qu'elle s'était prétendue investie d'une mission, qu'elle avait promis de rencontrer Sahale... Cela signifiait-il qu'elle avait choisi le camp du Maître du Labyrinthe ? Amaryllis ignorait ce que la femme fardée en aurait conclu. Elle la regarda s'éloigner et disparaître avec Beretrude entre des percussionnistes aux vêtements bigarrés.

— Tu es avec elle ? chuchota une femme dans le dos de la jeune fille, la faisant sursauter. Tu fais partie des rebelles ?

— Les rebelles ?

Juste à l'odeur de poisson, Amaryllis devina le métier de la femme au visage de fouine. Quand celle-ci comprit qu'elle s'était méprise, elle rougit et s'éloigna en hâte vers son étal, mais la jeune fille la suivit.

— Pourquoi ? Vous voulez rejoindre leur camp ? la questionna-t-elle avec insistance.

Il était presque cocasse de voir les efforts de la poissonnière pour rattraper sa bévue sans se mettre les pieds dans les plats. Elle prétexta une erreur avec le poisson qu'elle avait donné à Metzli, rougit de plus belle quand Amaryllis l'assura qu'il n'y avait eu aucun poisson dans le cabas de la femme fardée...

— Dites-moi pourquoi Metzli tient la petite... heu, Beretrude, je crois... Dites-moi pourquoi elle l'a prise pour esclave et je vous promets de ne pas vous dénoncer à Sahale.

— Mademoiselle ! protesta la poissonnière.

La promesse suffit néanmoins à la convaincre de parler. Il semblait difficile de garder quoi que ce soit secret, dans les quartiers.

— La petite a des pouvoirs magiques, expliqua la poissonnière à mi-voix. Les gens disent que Metzli lui a ordonné d'arrêter le temps pour elle et que la petite a réussi, ce qui explique que cette vieille putain soit encore si belle à son âge...

— Balivernes, je n'ai jamais entendu parler d'une telle sorcellerie !

La poissonnière la dévisagea avec circonspection avant de conclure d'un ton accusateur :

— Tu ne connais même pas Sahale, toi !

Amaryllis ne put qu'en convenir avec un sourire. Elle remercia la poissonnière pour les informations douteuses qu'elle venait de lui donner et s'éloigna nonchalamment, songeuse. Elle venait sans le savoir de mettre le doigt dans un guêpier. Percer le mystère d'un assassinat afin de rencontrer un vieux rêveur inquiétant, cela passait encore. Frayer avec des révoltés risquait cependant de lui apporter beaucoup d'ennuis... Et s'apitoyer sur le sort de Beretrude — ou chercher à en savoir plus sur ses intrigants pouvoirs — allait vraisemblablement dans le même sens.

Pourtant, l'esprit d'Amaryllis fonctionnait à vive allure. Il lui était facile d'additionner l'étrange formation des planètes à la mort de l'elfe ; si elle prenait aussi en compte cette Metzli qui fomentait une rébellion et le mécontentement inavoué des citadins... Le casse-tête prenait forme et la jeune fille ressentait une irrésistible envie de se colleter avec cet imbroglio explosif. Sahale était un despote ; Metzli promenait une fillette mystérieuse en laisse. Dans le Labyrinthe, le bien et le mal étaient difficilement dissociables.

En s'orientant grâce au soleil, Amaryllis quitta la plazza trop bruyante par une rue escarpée qui descendait directement vers l'ouest. Tonatiuh lui avait suggéré d'emprunter les égouts ; la jeune fille découvrit vite que toutes les grilles qui permettaient à l'eau de couler dans les sous-sols fangeux de la cité étaient verrouillées avec des cadenas. Elle passa une partie de la matinée à arpenter les ruelles du Vieux Quartier. Elle venait à peine de trouver un grillage en mauvais état, si rouillé que le métal céda à la traction d'Amaryllis, quand Metzli apparut brusquement à ses côtés. La prostituée portait à présent un masque qui lui couvrait la moitié du visage.

— Je crois que nous avons à parler, toi et moi, annonça-t-elle de but en blanc, soulevant juste assez son masque pour que la jeune fille puisse reconnaître ses traits.

— Vous croyez ?

Le regard d'Amaryllis glissa sur les grands yeux bleus de Beretrude, à moitié cachée derrière sa maîtresse.

— Ne jouons pas au plus fin. Viens, j'ai quelque chose à te montrer.

Une détonation retentit au loin, que les bruits du Labyrinthe, ajoutés à la musique cacophonique du Carnaval, ne couvrirent pas complètement. Beretrude sursauta et tourna la tête vers l'est, inquiète. Amaryllis se demanda si quelqu'un d'autre venait d'être assassiné à la faveur de la fête...

— Où m'emmenez-vous ?

Metzli fronça les sourcils et tourna le dos à la jeune fille, sans répondre. Celle-ci n'hésita qu'une seconde avant de lui emboîter le pas. La femme la guida d'escalier en escalier, zigzaguant d'une ruelle à l'autre. Il devint vite manifeste qu'elle se dirigeait vers une tour en particulier, une tour carrée surmontée d'une flèche argentée.

— On m'a dit que les tours appartiennent à Sahale, tenta Amaryllis.

Encore une fois, la femme s'abstint de répondre. Elle ne s'arrêta que lorsqu'elle fut au pied de la tour carrée. Le quartier se terminait là : une muraille haute de plusieurs étages s'étirait de chaque côté, au travers des habitations. Aucun pont ne l'enjambait, aussi loin que portait le regard, et tout le long de la rue qui la bordait, aucune ouverture ne permettait de la traverser. Au centre de la tour, cependant, une porte trapézoïdale semblait offrir une sortie. Une sortie qui avait été bien gardée : apparemment, Sahale avait posté des soldats armés de mousquets devant toutes les portes qui permettaient de changer de quartier. Mais à présent, deux rebelles encagoulés ligotaient par terre celui qui s'était trouvé là et un troisième s'éloignait avec l'arme. Cela expliquait la détonation entendue quelques minutes plus tôt.

Malgré elle, la jeune fille se pencha au-dessus du soldat et lui posa les doigts sur la gorge. Elle perçut son pouls et en fut étrangement rassurée : elle n'aurait pas aimé que les rebelles de Metzli l'aient tué à cause d'elle... Impassible, la femme fardée s'assura que les environs étaient déserts et sortit une clef du cabas pendu à son bras. Elle déverrouilla subrepticement la porte trapézoïdale, puis encouragea Beretrude et Amaryllis à pénétrer à l'intérieur de la tour. Lorsqu'elle referma la porte, elles se retrouvèrent toutes trois plongées dans l'obscurité.

— Nous ne sommes pas en sécurité, ici, annonça-t-elle immédiatement.

La voix de Metzli dans la noirceur donna le frisson à Amaryllis. Elle lui demanda pourquoi, dans ce cas, elle les avait emmenées là. La femme rit doucement :

— Tu veux quitter le Vieux Quartier ou pas ? Qui ne risque rien n'a rien.

— D'après ce que j'ai compris, je risque beaucoup à simplement avoir été vue en votre compagnie.

— Moi ? Mais je ne suis rien d'autre qu'une prospère tenancière de bordel ! Quoi que l'on raconte à mon sujet, ce ne sont que des ragots.

Amaryllis ne s'y méprit pas. Ce que disait Metzli devait lui servir d'avertissement : pour une raison encore obscure, la rebelle avait consenti à l'aider, mais en échange, la jeune fille devrait tenir sa langue et ne jamais la trahir.

— Vous vous êtes servie de votre bordel pour mieux connaître Sahale, supposa la jeune fille, admirative. Il a été votre client ? Et maintenant que vous êtes au courant de ses points faibles, vous savez exactement comment l'abattre !

— Nous n'avons pas le temps de bavarder.

Amaryllis sentit un léger courant d'air et comprit que Metzli s'éloignait.

— Souhaitez-vous que je rallie votre camp ?

— Non. Ce n'est pas nécessaire et, de toute façon, le temps me manquerait pour te convaincre.

Pour une des rares fois de sa vie, Amaryllis fut décontenancée par la réponse de Metzli. La jeune fille aimait à poser des questions dont elle devinait les réponses, pour le plaisir de voir ses intuitions confirmées. Cette fois-ci, elle s'était mis le doigt dans l'œil en croyant que la personnalité de la rebelle serait facile à cerner.

— Tu es volontaire et énergique, tu raisonnes bien pour une nouvelle venue dans le Labyrinthe. Et tu es astromancienne. Je suis persuadée que tu rencontreras Sahale. Tu es son type de femme. Un peu jeune... Mais je suis sûre qu'il se laissera prendre au piège.

Il y eut un bruit de frottement métallique : une trappe venait d'être ouverte dans le plancher. Metzli invita Amaryllis à la suivre dans la cave avec Beretrude. La jeune fille avança en s'orientant grâce à la voix de la femme fardée, puis ses pieds rencontrèrent l'escalier et elle le descendit en gardant sa main sur le mur de pierres inégales. Une fois en bas, elle crut entendre la petite fille murmurer quelque chose, mais il ne s'agissait que du bruit d'un briquet ; la fillette à demi dissimulée derrière sa maîtresse alluma une chandelle et Amaryllis remarqua que Metzli n'avait pas enlevé son masque.

— Ce n'est pas le chemin normal pour accéder au quartier des Artistes, évidemment, expliqua encore la femme. Mais il y a un deuxième garde sur l'autre façade de la tour, au niveau de la rue, et il ne vous laisserait pas passer sans vous questionner. Je sais par contre que cette cave s'étend vers le nord sous une bonne partie du quartier. Je ne l'ai pas explorée personnellement, mais les elfes de Sahale passent par ici. Il doit donc y avoir une sortie discrète, quelque part de ce côté...

— Que voulez-vous que je fasse pour vous, en échange de ce coup de main ?

— Rien que ce que tu veux faire de toute façon : va chez Sahale avant de quitter le Labyrinthe.

— N'est-ce pas impossible ?

— Quitter le Labyrinthe ? Sûrement pas pour toi ! Tu as dit à Tonatiuh qu'un dragon t'avait amenée ici et que tu étais investie d'une mission... J'ignore si c'est vrai. Je sais

par contre que tu as eu raison sur un point :
la planète Xipé nous conseille d'agir sans
attendre.

De toute évidence, pendant qu'Amaryllis
discutait avec la poissonnière, Metzli en avait
profité pour entrer dans la taverne de Tzacol.
Elle s'était enquise auprès de son ami Tonatiuh
de cette jeune étrangère sortant de chez lui.

— Je ne te cacherai pas que j'ai un
plan. Jusqu'à maintenant, il n'avait guère
de chance de se réaliser, mais ton arrivée
change la donne. Je te fais donc présent de
mon esclave. Ne proteste pas ! Que Beretrude
t'accompagne partout où tu iras, jusqu'à ce
que tu quittes le Labyrinthe. C'est tout ce
que j'exige de toi.

Amaryllis fronça les sourcils, à nouveau
décontenancée. Metzli s'amusa de son incom-
préhension ; elle lui tendit la laisse de Beretrude, lui recommandant de ne la détacher
qu'en privé, surtout pour garantir la sécurité
de l'enfant.

— Je ne ferai rien qui puisse nuire à Sahale,
la prévint Amaryllis. Je ne prendrai pas part
à un conflit dont j'ignore tout.

— Va. Tu dois quitter le Labyrinthe, tu
n'as rien à faire ici.

— Un dragon a présumé le contraire,
puisqu'il m'a amenée ici !

— Tu es trop crédule. Allez ! Arrête de tergiverser. Va-t'en avant qu'on ne nous trouve.

Amaryllis laissa donc Metzli derrière elle dans la pénombre de la cave et s'éloigna, une esclave en laisse à ses côtés. Elle allait à la rencontre du controversé Maître du Labyrinthe, la tête pleine d'interrogations. Elle adorait ça !

7

CAPUCINE

Amaryllis interrompit son récit au moment où le soleil émergeait de sous l'horizon. Pleine d'espoir, elle se tourna vers l'accès de la caverne et attendit, le souffle court. Capucine, inquiète de l'attitude de sa sœur, se pencha vers elle.

— Ama... ya ? fit-elle en se souvenant in extremis du prénom que Dahlia lui avait trouvé.

— Notre héros arrive, je crois.

Et en effet, un visage maculé de sang surgit tout à coup hors du trou. Amaryllis, soulagée, se contenta de sourire, mais les mercenaires du Mahcutal s'exclamèrent bruyamment. Ils se levèrent et coururent aider leur compagnon sous le regard mi-heureux, mi-embarrassé des hommes de l'héritier-machtli. Il aurait été facile à Amaryllis de jeter au neveu du roi une réplique cinglante. Quelque chose comme : « Je vous avais bien dit qu'il vaincrait. » *Cela lui aurait procuré une grande satisfaction... Mais la mesquinerie n'était pas dans sa nature. Néanmoins, Lucio dil Senecalès lui lança un regard grave avant de se lever à son tour pour rejoindre le héros de cette nuit.*

— Je suis heureux de te voir, je n'y croyais plus ! s'exclama-t-il en donnant l'accolade à Tienko.

Au moins, l'héritier-machtli n'eut pas l'hypocrisie de prétendre avoir su que le guerrier vaincrait. Tout de même, ses yeux pétillaient dans le soleil levant, témoignant d'un plaisir sincère. Il éclata de rire en voyant la tête énorme du monstre que Tienko s'était acharné à remonter, comme preuve de son exploit.

— Tu me fais de la peine, vraiment, Lucio ! blagua celui-ci avec un sourire fatigué. Le roi Deodato sera satisfait.

— Quant à moi, je suis surtout satisfait de te compter encore parmi les vivants !

La voix de l'héritier-machtli avait les accents de la sincérité, Amaryllis ne s'y méprit pas. La jeune fille supposa qu'en dépit de la logique, Lucio pouvait bien s'avérer un allié potentiel... Amaryllis devait se montrer vigilante. Elle se leva et vint féliciter Tienko à son tour. Elle en profita pour l'observer à sa guise et s'étonna de découvrir que le mercenaire était un demi-elfe. En bas, dans la caverne du monstre, elle ne l'avait pas remarqué. Ses cheveux attachés révélaient pourtant ses oreilles pointues, typiques des elfes. Il arborait en plus leur chevelure de jais, lisse et brillante, et leurs yeux d'obsidienne... Mais les siens n'étaient pas bridés. Et il avait le teint trop foncé pour être complètement elfe. Amaryllis, qui avait eu l'occasion d'apprendre à se méfier d'eux, en fut soulagée.

De son côté, Capucine avait bien connu l'une des demi-elfes du Labyrinthe ; lorsqu'elle remercia Tienko de les avoir indirectement aidées à échapper au monstre, ses sœurs et elle, elle ne put s'empêcher d'ajouter qu'il ressemblait beaucoup à une amie qu'elle avait brièvement côtoyée.

— Cho-Haya. Elle vit dans le Labyrinthe.

Comme chaque fois qu'il était question de cette partie de leur vie, Capucine et Amaryllis échangèrent un regard entendu. Malgré leurs nombreuses différences, les deux sœurs partageaient le souvenir du Labyrinthe. Le quitter avait été aussi difficile pour l'une que pour l'autre, pour les mêmes raisons. Et chacune en gardait quelques secrets... Cho-Haya faisait partie des secrets d'Amaryllis. Elle fut heureuse que le mercenaire intervienne avec enthousiasme :

— *Le Labyrinthe ? Tu y es donc allée ? J'ai souvent pensé à me mettre en quête de cette fascinante cité...*

Amaryllis secoua la tête. Peu de choses lui étaient incompréhensibles, cependant elle doutait de saisir un jour l'attirance instinctive de tous les parias du monde pour le Labyrinthe de Sahale... Les demi-elfes, trop différents pour vraiment s'intégrer aux humains et ne pouvant emprunter les passages qui menaient chez les elfes, faisaient en général partie des parias. Tout comme les elfes qui vagabondaient loin de leur royaume. Ils semblaient tous destinés à se rendre dans la péninsule dil Cielo. Là-bas, ils avaient été une soixantaine à travailler pour Sahale. Ce n'était plus le cas maintenant, bien sûr, mais Amaryllis était persuadée que la plupart s'y trouvaient encore, peut-être occupés à se battre pour rétablir l'ancienne domination du Maître...

— « Fascinante » *n'est pas le terme que j'aurais choisi pour décrire cette cité,* soupira la douce Capucine.

Un instant, son regard se perdit dans le vague, comme chaque fois où elle songeait à son dragon. Cela fut suffisant pour piquer la curiosité de Tienko. Lui n'avait pas entendu le récit d'Amaryllis.

— *Raconte-moi.*

— C'est plutôt toi, mon ami, qui a des choses à raconter, ce matin ! s'exclama l'un des mercenaires.

— C'est vrai, renchérit Lucio. Allons au palais de mon oncle, il sera heureux de recevoir de bonnes nouvelles au saut du lit !

Les trois sœurs ne pouvaient retourner au palais du roi Deodato avant d'être prêtes à exécuter leur vengeance. Lucio, qui semblait avoir l'esprit plus fin que son oncle, le comprit immédiatement. Dahlia n'eut pas besoin de révéler leur identité pour lui mettre la puce à l'oreille, seulement de refuser son invitation avec la brusquerie qui lui était coutumière. Il se ravisa avec un sourire entendu :

— À bien y penser, nous avons tous besoin de dormir et de faire un brin de toilette avant de nous présenter devant le roi. Je propose que nous allions chez moi.

L'hospitalité de la maison de Lucio parut faire l'unanimité, car l'ensemble des guerriers approuva tapageusement cette proposition. Amaryllis parla pour ses sœurs, comme souvent, en acceptant l'invitation et observa avec intérêt Tienko se rapprocher de Capucine.

— Tu me raconteras ? lui redemanda le demi-elfe.

— Bien sûr.

Le sourire de Capucine était, notoirement, comme un rayon de soleil après la pluie. Tienko y fut sensible.

— Après quelques heures de sommeil, je serai heureuse de te parler du Labyrinthe... À condition que tu me promettes de ne jamais y mettre les pieds !

La véhémence de la jeune fille surprit le mercenaire. Il insista pour obtenir plus de détails, et tout le long de la route vers le petit palais dil Senecalès, Capucine lui expliqua en quoi le Labyrinthe était un endroit exécrable. Elle trichait : elle avait demandé à dormir avant de raconter son histoire, mais dans les faits, elle commença à la narrer dès que la troupe se mit en branle. Et au-dessus de la Plaine Trouée, le lever du soleil, tout en rose et en orangé, formait un écrin grandiose à cette histoire mouvementée.

* * *

Le soleil se couchait, derrière la montagne Magnifique, plongeant rapidement son versant est dans l'ombre. Capucine était très en retard, ce soir. Halian, son père adoptif, lui avait demandé de faire paître les chèvres sur le troisième plateau de la montagne et la jeune fille avait éprouvé beaucoup de mal à retrouver le vieux sentier qui y menait. Halian ne l'y avait guidée qu'une fois... Les chèvres avaient imperturbablement suivi la jeune chevrière de détours en détours, jusqu'à enfin parvenir au plateau. Là, Capucine les avait laissées brouter à leur guise la bonne herbe des hauteurs ; la longue route n'en aurait pas valu la peine si elle n'avait pas attendu qu'elles aient leur content. Elle avait donc rêvassé toute la journée, couchée au pied d'un chêne.

La jeune fille aimait observer les montagnes. Sur les plateaux, quand on s'installait de façon à ce qu'aucun pan de roc ne barre la vue, le paysage offrait une incroyable vastitude aux observateurs désœuvrés. C'était un océan de montagnes qui n'en finissaient plus d'onduler vers le lointain... Les plus belles ressemblaient à des temples : leurs versants à pic s'élevaient par paliers successifs, tandis que les forêts de chênes et de pins qui tapissaient les versants moins prononcés leur donnaient une teinte profonde, d'un vert qui semblait parfois gris. Perchée sur le troisième plateau, Capucine distinguait aussi les chemins sinueux des canyons qui éventraient les montagnes. Chenoa, sa mère adoptive, était originaire d'un de ces canyons et elle se plaisait à parler de la végétation luxuriante qu'on y retrouvait. Figuiers, acacias et cyprès s'y mêlaient à des arbustes fleuris qui attiraient des milliers d'oiseaux et de papillons...

Rien à voir avec les sommets. Ici, les rares papillons blancs qui vivaient en altitude devaient pouvoir survivre aux nuits froides et les lézards qui affectionnaient les crêtes rocheuses étaient noirs comme du charbon plutôt que peints de couleurs vives, comme dans la forêt tropicale. Lorsque Capucine observait les canyons, elle songeait aux beautés qu'ils renfermaient et que, sans doute, elle ne connaîtrait jamais que par les histoires de sa mère adoptive. Cela ne l'irritait pas ; ses montagnes natales la satisfaisaient. Elle en appréciait l'air vif et la faune. Les chèvres, évidemment, occupaient ses journées. Toutefois, la jeune fille aimait à apprivoiser les cerfs effarouchés qui bondissaient devant elle. Un été, elle avait même réussi à approcher un lynx roux et un grizzli. Chenoa l'avait grondée, quand Capucine lui avait parlé de l'ours gris. Pour la punir, elle lui avait interdit de s'aventurer plus loin que le petit pâturage pendant trois longs jours. Halian avait sorti son précieux mousquet et était parti en chasse... Il était revenu bredouille à la nuit tombée, au grand soulagement de la jeune fille. Mais depuis, elle n'avait pas revu le grizzli.

Ce soir cependant, Capucine craignait de rencontrer pire qu'un grizzli en revenant à la ferme en pleine nuit. Le soleil couchant rendait la piste difficile à suivre, les chèvres fatiguées avançaient à pas de tortue et s'arrêtaient pour un oui ou un non... L'herbe plus tendre du troisième plateau valait peut-être le déplacement, mais la chevrière jugeait le chemin trop long.

Lorsqu'elle parvint enfin en vue de la maisonnette, il faisait nuit noire. La jeune fille s'arrêta au milieu du sentier escarpé. Elle sourit en voyant la lueur de la lanterne qui tremblotait dans la grange, elle nota qu'un bon feu flambait dans la cheminée de la maison. Chenoa lui ferait la tête à cause de son retard, sans doute, cependant elle aurait une soupe chaude à lui servir, avec des galettes de maïs... Pourtant, un indicible malaise retenait Capucine sur le sentier. Les chèvres s'agitaient nerveusement, elles aussi, restant près de la chevrière au lieu de bondir joyeusement vers la grange. Quelque chose clochait.

Un bruit de pas, dans l'obscurité de la forêt à sa droite, attira l'attention de Capucine. Son cœur s'emballa et elle recula. Un jeune homme sortit alors de l'ombre, marchant vers elle d'une démarche laborieuse qui rappela à la jeune fille le pas des cygnes hors de l'eau... Elle crut distinguer des plumes dans ses cheveux et au bas de sa tunique, elle remarqua ses yeux de lézard et le sac de cuir qu'il tenait.

Les chèvres se mirent à bêler avec insistance, inquiètes, et Capucine se surprit à supplier l'étranger de ne pas lui faire de mal. Il s'arrêta pour l'observer froidement.

— Je ne suis pas là pour faire du mal. Le moment est au départ, sinon toi, tu causeras du mal à quelqu'un que j'aime.

— Moi ? Oh, par le dieu-serpent, je vous en prie ! Soyez clément ! Je ne ferai jamais de mal à qui que ce soit...

Capucine était persuadée que l'étranger la confondait avec quelqu'un d'autre... Elle voulut courir vers la maisonnette, mais il lui bloqua la route, l'empêchant d'aller se réfugier auprès de ses parents adoptifs.

— Où m'emmenez-vous ? gémit-elle.

Le jeune homme ne fit pas l'effort de répondre ; les mots semblaient lui venir laborieusement. Il se contenta d'ouvrir le sac avec un geste éloquent. Capucine se mit alors à pleurer. L'expression de l'étranger la convainquit que rien ne retarderait son départ. Elle pénétra docilement dans le sac et s'y accroupit tandis qu'il le refermait au-dessus de sa tête. Les larmes manquèrent l'étouffer quand elle se sentit soulevée dans les airs et bercée doucement... La jeune fille se mit à prier le dieu-serpent avec ferveur, espérant ainsi se prémunir contre les malheurs qui l'attendaient certainement à l'atterrissage. Mais la journée avait été longue et éprouvante ; au bout d'une heure, Capucine s'endormit d'épuisement et de chagrin.

Son premier contact avec le Labyrinthe ne ressembla pas à celui de sa sœur. Son arrivée causa un émoi plus vif du fait que le dragon la laissa tomber devant la porte au moment où le bateau qui faisait la navette entre la péninsule et le continent quittait la rive. Le dragon vert ondula dans le ciel sous les regards effarés du capitaine et de ses matelots. La brise porta jusqu'à Capucine leurs exclamations éloquentes, quand elle parvint à s'extirper du sac. Elle retira son poncho tissé et défroissa tant bien que mal sa jupe et sa chemise. Puis, sous le regard ahuri des gardes, elle marcha vers eux.

— Excusez-moi, monsieur, pouvez-vous me dire où je me trouve ?

Le jeune soldat resta quelques secondes sans voix et la jeune fille se fit la réflexion qu'en fait, ce n'était pas vraiment elle qui l'effrayait. Elle n'avait rien d'extraordinaire. Ses vêtements trahissaient ses origines paysannes, le poncho qu'elle avait roulé sous son bras arborait des motifs typiques des montagnes de l'ouest du Techtamel. Même son apparence n'était rien de plus que quelconque, sa mère adoptive le lui répétait souvent : ses yeux trop grands oscillaient entre le noir et le brun, ses cheveux noirs trop fins frisottaient dans son dos et sa silhouette carrée n'avait rien de gracieux. Seules les circonstances spectaculaires de son arrivée faisaient en sorte que des soldats armés de mousquets la regardaient avec cet air terrifié. Constater cela répondit en partie aux questions que Capucine se posait : aussi loin qu'elle se trouvât de chez elle, ici non plus il n'était pas normal que des dragons transportent des jeunes filles. Elle s'étonna à peine quand le soldat lui fit une courbette respectueuse :

— Vous vous trouvez à la porte du Labyrinthe, mademoiselle.

Sans tenir compte de l'air perplexe de la jeune fille, le deuxième soldat enchaîna précipitamment :

— Sahale, notre Maître, sera très heureux de vous rencontrer. Il nous a ordonné de guetter le ciel, au cas où le dragon reviendrait... Et vous voilà !

— Le dragon... Qu'il revienne ? Il était donc déjà passé par ici ?

— Oui, il y a quelques jours, une autre...

Le soldat s'interrompit brusquement en rougissant. Son compagnon le sermonna, lui rappelant qu'il n'entrait pas dans ses fonctions d'être si bavard avec les prisonniers de Sahale. Il n'en fallait pas plus pour inquiéter Capucine. Elle regarda vivement autour d'elle. À part la porte du Labyrinthe, dont elle n'éprouvait aucune envie de franchir le seuil, et le bateau déjà bien loin de la rive, il ne semblait guère y avoir moyen d'échapper aux soldats. Il n'y avait que l'océan immense... La jeune fille allait s'élancer dans cette direction quand le plus bavard des deux gardes la saisit par le bras.

— Tu as raison. Mademoiselle, je m'en vais de ce pas vous mener à Sahale.

— Pas du tout ! Tu parlerais sans arrêt, tu dévoilerais les secrets du Labyrinthe sans t'en apercevoir et cette fille deviendrait un danger ! Veux-tu finir comme Demesi et Xehcatl ?

L'argument sembla porter. Capucine changea de mains malgré ses protestations. Les soldats s'excusèrent de la rudoyer, cependant ils ne la libérèrent pas pour autant. Il fut décidé que l'aîné terminerait son quart de garde pendant que le plus jeune escorterait la nouvelle venue jusque chez le Maître.

— Je ne veux pas y aller ! Laissez-moi plutôt attendre le retour du bateau...

— Mademoiselle ! Rencontrer Sahale sera pour vous un grand honneur. C'est quelqu'un d'admirable, il a aboli la noblesse et la pauvreté !

Prenez mon exemple : n'importe où ailleurs, j'aurais pu devenir soldat, mais sans espoir de jamais obtenir de promotion, puisque mon père a fui la justice de son pays natal. Alors qu'ici, tout le monde se fiche que mon père ait été un criminel. À la fin de mon année de service obligatoire, je pourrai devenir sergent. Puis capitaine, pourquoi pas ?

Écoutant d'une oreille distraite le bavardage enthousiaste du soldat, Capucine passa la grande porte à ses côtés et se retrouva dans le même long corridor qu'Amaryllis avait emprunté, trois jours plus tôt. Le soleil éclairait encore l'endroit et personne n'avait commencé à ranger son étal. Des individus sales et pour moitié édentés proposaient des vêtements importés du continent, des fruits fraîchement livrés par la navette et quelques bijoux fabriqués dans le Labyrinthe. Des clients bien vêtus, munis de larges cabas et de bouliers, s'affairaient devant les marchandises, négociant ferme ; Capucine s'émerveilla du remue-ménage que le bateau laissait derrière lui. Elle qui ne connaissait que le silence et les vastes étendues des montagnes, elle n'avait pas assez de tous ses sens pour appréhender le Labyrinthe.

— Combien de personnes vivent ici ? s'étonna-t-elle.

— Le dernier recensement a démontré, l'an passé, que deux cents personnes vivent dans le quartier de la Porte. Pour ma part, je réviserais ce chiffre à la hausse.

Deux cents personnes ou plus, cela représentait un petit village. Songer qu'il ne s'agissait là que de la population d'un des quartiers de la cité fortifiée donnait le tournis à Capucine. Elle demanda combien de gens vivaient dans le Labyrinthe, au total, mais le jeune soldat fut apostrophé par un homme aux très longs cheveux blancs avant d'avoir pu répondre.

8

LA VIOLENCE DU LABYRINTHE

L'homme s'approcha du soldat et de sa prisonnière et les salua gravement, tandis que Capucine le détaillait avec intérêt. Comme la plupart des hommes qu'elle venait de croiser dans le Labyrinthe, celui aux cheveux blancs allait torse nu. Une dizaine de colliers de verroterie et de coquillages pendaient cependant à son cou, cliquetant au moindre de ses mouvements, et un ornement en forme de demi-lune perçait le lobe de son nez. Malgré sa chevelure de neige, l'homme ne devait pas avoir plus d'une quarantaine d'années : seules de fines rides griffaient le coin de ses yeux et barraient son front. Ses abdominaux musclés témoignaient de sa bonne santé et lorsqu'il sourit, la jeune fille put constater qu'il possédait encore toutes ses dents. Au milieu des gens qui s'affairaient dans le corridor, même

ceux qui semblaient les plus riches, il déton-
nait complètement.

— Tu te balades en charmante compagnie,
mon cher Pichtli.

— Cette fille est arrivée ici avec le dragon,
Nahualteucli, répondit le soldat sur un ton
respectueux qui surprit Capucine.

Nahualteucli. Dans la capitale du Techtamel, on appelait princes-teuclis les sorciers qui
parvenaient à une maîtrise quasi parfaite de
leur science. Il ne fut pas difficile à Capucine
de faire le lien : ici, dans le Labyrinthe, le titre
de Nahualteucli désignait forcément quelque
chose de semblable... L'homme aux cheveux
blancs devait être quelqu'un d'important. La
jeune fille rosit d'embarras quand elle vit qu'il
l'examinait des pieds à la tête. Il s'inclina
devant elle.

— Je suis honoré, mademoiselle. Je me
nomme Cassiano. Puis-je humblement offrir de
vous héberger chez moi, puisque vous arrivez
à l'instant ?

Capucine resta interloquée un instant,
cependant elle se reprit vite et accepta avec
joie. Aller chez Cassiano lui plaisait cent fois
plus que l'idée de se retrouver face au Maître du Labyrinthe. Hélas, malgré son titre,
le prince-sorcier ne pouvait aller à l'encontre
des souhaits de ce Sahale. Lorsqu'il apprit

que le Maître voulait rencontrer la nouvelle venue, l'homme aux cheveux blancs céda en s'inclinant :

— Peut-être n'est-ce que partie remise ?

Le sourire confiant de Cassiano donnait envie de croire en tout ce qu'il disait. Capucine hocha la tête et lui sourit en retour. Le soldat Pichtli maugréa quelques mots inintelligibles et s'empressa de tirer sa captive en avant.

— Si seulement j'avais été posté ailleurs, grogna encore Pichtli. On rencontre la pire racaille du Labyrinthe, dans ce quartier.

— Mais enfin, le prince-sorcier n'est pas... Il a été d'une politesse exquise ! protesta Capucine.

— C'est bien ce qui m'inquiète le plus, mademoiselle. Pressez-vous, par tous les Esprits !

Le soldat et la jeune fille franchirent les cinquante mètres du corridor en zigzaguant au milieu des gens. Une fois au bout, Pichtli tourna à gauche et obligea Capucine à grimper quatre à quatre les marches inégales d'un large escalier de pierre. Une arche délabrée trônait au sommet. Dans un désordre inquiétant, des gobelins rabougris travaillaient à dénouer les cordes qu'on y avait fixées. Perchés sur des échelles branlantes, ils paraissaient tous plus ou moins en déséquilibre. Et de fait, quand

Pichtli passa sous l'une des échelles, celui qui s'y trouvait perdit pied et lui tomba dessus. Il s'en fallut de peu que tous deux ne déboulent en plus l'escalier ; le gobelin se releva vivement et cracha sur le jeune homme une série d'injures incompréhensibles.

— Sales gobelins ! répondit Pichtli sur le même ton.

Le temps qu'il se remette debout, les irascibles nabots étaient tous descendus de leurs échelles et s'étaient enfuis sans demander leur reste. Alors le soldat regarda autour de lui, cherchant en vain à localiser son mousquet. L'arme qu'il tenait à la main lui avait échappé au moment de l'impact, il semblait évident qu'un des gobelins avait profité de la confusion pour s'en emparer. Pichtli pâlit. Empoignant fermement le bras de Capucine, il lui enjoignit de courir.

— Les gobelins sont d'allégeance assez imprévisible, nous ne sommes pas en sécurité, ici ! Il nous faut vite nous réfugier dans les murs !

Le soldat tourna à gauche à la première intersection, puis à droite, deux rues plus loin. Il bouscula un groupe de gamins qui jouait aux billes sur les pavés et descendit au pas de course un deuxième escalier. Une fois en bas, ils se retrouvèrent à l'embouchure d'une avenue au centre de laquelle poussaient quelques arbres fruitiers. Pichtli reprit son souffle, l'air tragique.

— La peste soit de ce quartier, mais courage ! Nous en serons bientôt sortis. Il faut foncer !

Capucine ne comprenait rien à ce qui lui arrivait. Elle avait à peine pu jeter un coup d'œil aux cabanes étroites, collées les unes aux autres, qui bordaient chacune des rues où ils étaient passés en coup de vent. Elle avait brièvement croisé le regard de plusieurs personnes... Aucune, à la réflexion, n'avait paru très étonnée de voir un soldat et une jeune fille courir droit devant eux comme si tous les démons des enfers se trouvaient à leurs trousses. Des trompettes se mirent à s'interpeller, de loin en loin, et Pichtli cria à nouveau... Devant et derrière les deux fuyards, des hommes et des femmes se laissèrent tomber des branches des arbres. Ils étaient masqués et deux d'entre eux brandissaient des mousquets... Au milieu du cercle cauchemardesque qui prenait rapidement forme autour d'elle, Capucine aurait donné cher pour disparaître sous les pavés.

— Nous voulons la fille du dragon, annonça une femme, grande et vêtue de rouge.

— Qu'en ferez-vous ? Elle ne connaît pas le Labyrinthe.

— Qu'en fera Sahale ? insista un homme âgé.

Capucine se mit à trembler. Pichtli et elle n'avaient aucune chance d'échapper à ces fous furieux. Conciliante, elle avança vers la femme qui avait parlé la première :

— Je veux bien aller avec vous si...

— Mademoiselle !

Elle ne s'était éloignée que de quelques pas de Pichtli quand le coup de feu retentit. Les yeux exorbités, Capucine se tourna vers le soldat paniqué pour le voir s'effondrer au milieu de l'avenue, la poitrine ensanglantée. La jeune fille hurla quand il tomba face contre terre.

— Il ne faut pas rester là, intervint une voix familière. Sahale a peut-être été témoin de ceci. Dispersez-vous et laissez le corps là !

Cassiano, le visage dissimulé sous un masque, se glissa au centre du cercle et saisit la main de la jeune fille. Il la rassura et lui demanda de le suivre. Complètement désemparée, Capucine obtempéra. L'homme aux cheveux blancs ordonna à nouveau aux plus lents de se hâter et guida Capucine vers l'autre extrémité de l'avenue. Là, une façade immense se dressait sur trois étages, ses murs aveugles décorés de magnifiques fresques ; l'avenue se terminait en cul-de-sac sur cette tour. Une porte en trapèze ornée de symboles solaires était gardée par un jeune homme armé. Un jeune homme qui ressemblait à Pichtli : même coupe de cheveux, mêmes vêtements... La jeune fille se mit à trembler, mais Cassiano marcha hardiment vers le garde.

— J'ai la clef, annonça-t-il.

— Ce n'est pas suffisant pour passer, répondit nerveusement le soldat.

Il avait sûrement entrevu ce qui s'était passé à l'autre bout de l'avenue, malgré les arbres qui lui bloquaient en partie la vue. Le coup de feu, au moins, n'avait pu lui échapper. Le soldat dévisagea Cassiano d'un air presque suppliant. Le masque ne l'avait pas empêché de le reconnaître :

— Surtout avec une invitée, Nahualteucli, et vous le savez !

Secouant la tête, Cassiano souleva l'un des pendentifs qu'il portait. Capucine vit ce qu'il représentait : une tête de taureau stylisée. Ce fut suffisant pour que le garde s'écarte de la porte.

— Dans six mois, je ne serai plus soldat, Nahualteucli, soupira-t-il. Et un jour, vous devrez rendre des comptes.

Le prince-sorcier sortit la clef d'une pochette suspendue à sa ceinture et déverrouilla la porte. Capucine et lui se hâtèrent de traverser la tour étroite, ignorant l'escalier bien éclairé qui montait vers les étages supérieurs ; la clef de Cassiano permettait également d'ouvrir la porte trapézoïdale de l'autre côté et de changer de quartier.

Dans le quartier de la Rivière aussi, un soldat gardait la porte de la tour. La jeune fille jeta un regard inquiet à Cassiano, craignant qu'il ne le menace ou ne l'assassine sous ses yeux... Le bruit du coup de feu avait dû résonner à des lieues à la ronde ! Elle s'étonna quand elle vit le Nahualteucli saluer aimablement le garde par son prénom et lui souhaiter une journée paisible.

— Je ne vous ai pas vu passer, répondit le garde avec un clin d'œil complice. Je suis justement en train d'examiner une brèche inquiétante, dans la muraille du quartier.

Cassiano hocha la tête, approbateur. Il lui recommanda tout de même d'être prudent, puis il invita courtoisement Capucine à le suivre. Comme s'ils faisaient tous deux une promenade innocente par un bel après-midi d'été, ils s'engagèrent dans une rue bordée de maisons à trois étages et de potagers clôturés qui embaumaient l'humus et la verdure. Ce parfum familier, plutôt que de la rassurer, donna envie de pleurer à la jeune fille.

— Je ne comprends rien à ce qui se passe ! bégaya-t-elle.

— Ma réputation dans le Labyrinthe n'est plus à faire.

— Vous... Mais...

Cassiano lui jeta un regard amusé et lui conseilla de ne pas essayer de comprendre le Labyrinthe. Il lui expliqua qu'il fallait des semaines, sinon des mois pour saisir ce qui s'y tramait.

— Sahale a raison en bien des domaines, conclut-il. Entre autres, il vaut mieux garder les quartiers isolés les uns des autres.

Cette remarque lui valut un hochement de tête approbateur de la part d'un passant et la jeune fille se retint à grand peine de hurler. Ce fut pire lorsque Cassiano suggéra d'aller manger : Capucine venait d'assister au meurtre d'un jeune homme guère plus âgé qu'elle-même, un jeune homme dont elle connaissait le nom et qui avait montré une certaine bienveillance à son endroit... Elle vomit au coin d'un mur et la bile lui laissa un goût affreux.

— Nous passerons d'abord à la rivière, fit Cassiano, impassible.

Le quartier où le prince-sorcier venait de faire entrer Capucine n'avait rien en commun avec le précédent. La jeune fille avait certes traversé le quartier de la Porte au pas de course, cependant elle avait eu le temps de remarquer les fenêtres entravées de barreaux et les portes barricadées de planches de bois. Certains des visages qu'elle avait croisés lui avaient également fait une forte impression : des joues balafrées, des fronts tatoués de cent motifs étranges, des grimaces aux dents gâtées...

Dans sa montagne, Capucine avait vécu loin des gens. À part Halian et Chenoa, ses parents adoptifs, elle ne connaissait que le vieux marchand qui venait chez eux chaque mois pour faire du troc. Elle se rappelait aussi un homme très grand, toujours monté sur un cheval superbe, qui s'était arrêté par deux fois dans la montagne, à quelques années d'intervalle. Il avait affirmé n'être qu'un voyageur ordinaire, mais Capucine lui avait trouvé l'air sournois. Il ne venait certainement pas de très loin, car il ne transportait rien d'utile dans ses bagages — pas de briquet, peu de nourriture et de vêtements de rechange — et sa monture n'avait jamais eu l'air fatiguée, malgré les pentes abruptes sur lesquelles elle avait dû hisser son maître... Ses coups d'œil insistants l'avait mise mal à l'aise et à sa deuxième visite, Halian avait fini par l'informer des règles de la politesse qui étaient d'usage dans les montagnes :

— Si Capucine vous intéresse tellement, monseigneur, demandez-la en mariage correctement et nous vous laisserons seul avec elle. Autrement, je vous demande de ne pas lui adresser la parole !

— Il se pourrait bien que je m'y décide un jour, avait plaisamment répondu l'étranger. Sait-elle tenir une maison ?

— C'est la plus discrète et la plus efficace des filles.

Capucine s'en souvenait parfaitement. Elle avait détesté que ses parents parlent d'elle comme si elle n'était pas là. Étant très pieuse, elle avait prié le dieu-serpent de nombreux soirs pour que l'homme aux beaux chevaux ne revienne jamais la demander en mariage... Les gens du quartier où Cassiano l'avait entraînée lui faisaient penser à cet homme. Ils étaient en général mieux vêtus que ceux du quartier de la Porte et moins sales, mais ils dévisageaient la jeune fille avec une condescendance qui la glaçait.

— Nahualteucli, je n'ai pas envie d'être ici, parvint-elle à chuchoter à Cassiano.

L'homme aux cheveux blancs lui jeta un coup d'œil surpris, cependant il ne s'arrêta pas. Sans un mot, il l'entraîna sur le tablier d'un pont qui était une véritable œuvre d'art. Entièrement sculpté dans la pierre de façon à représenter la langue déroulée — et démesurée — d'un crapaud, le pont enjambait la rivière

étroite qui traversait le quartier, parfaitement
domptée entre ses berges de roc poli. Un escalier, situé de l'autre côté du pont, permettait
de descendre en dessous pour se désaltérer.
Capucine fut heureuse de s'arrêter enfin.

— Ne fais pas attention aux gens de ce
quartier, lui conseilla Cassiano tandis que la
jeune fille s'aspergeait le visage. Parce qu'ils
ont accès à la rivière, plusieurs croient qu'ils
sont les favoris de Sahale.

— Sahale, c'est celui que les soldats ap-
pellent « le Maître » ? Pourquoi ?

— C'est le titre qu'il s'est lui-même donné
après avoir pris possession des lieux.

— Et vous le détestez ?

— Non, répondit Cassiano avec une grimace. À une certaine époque, nous étions même
amis. Mais je déteste la prison qu'est devenu
le Labyrinthe. Et la seule façon d'en sortir
est de venir à bout de Sahale et de ses elfes.

Une ombre, au fond de la rivière, attira
l'attention de la jeune fille, la distrayant des
paroles de Cassiano. Elle eut un hoquet de
stupeur : l'ombre grandissait, s'approchant de
la surface, et Capucine crut y distinguer deux
yeux, en plus d'une paire de cornes...

Déjà, l'homme aux cheveux blancs remontait
l'escalier et l'exhortait à le suivre. Capucine
n'osa rester seule près de la rivière. Elle courut

derrière le prince-sorcier et retraversa le pont sans parvenir à trouver les mots pour décrire ce qu'elle venait de voir... Ce qu'elle pensait avoir vu... Puis les trop nombreuses intersections du Labyrinthe lui firent tourner la tête et elle en vint à douter d'avoir aperçu quoi que ce soit dans la rivière. Craignant de se rendre ridicule, elle préféra finalement se taire. De toute façon, Cassiano avait suffisamment de choses à raconter pour faire la conversation à lui seul.

9

LA FILLE DU PRINCE-SORCIER

Cassiano ne cessa de parler, entre le moment où ils quittèrent la rivière et celui où ils arrivèrent chez lui. Capucine éprouvait du mal à classer toutes les informations qu'il lui fournissait. Elle ignorait pourquoi elle faisait confiance au prince-sorcier, il l'avait plongée en plein drame ! Elle se demandait même comment elle pouvait prêter foi à ses paroles... Mais s'il fallait l'en croire, le petit groupe qui avait assassiné le soldat Pichtli luttait seulement contre Sahale pour que les habitants du Labyrinthe puissent aller et venir à leur guise, autant à l'intérieur de la cité qu'à l'extérieur de ses murs.

— Ce n'est pas le cas, en ce moment ?

— En réalité, seule une minorité a le droit d'aller et venir à sa guise. Les elfes se chargent du commerce avec le continent, gèrent les champs, au nord de la cité, et le village de pêcheurs, à l'est. Ce sont les seuls à pouvoir franchir les murs du Labyrinthe.

L'esprit confus de Capucine s'accrocha à cette dernière explication comme à une bouée. La jeune fille dévisagea Cassiano avec des yeux ronds de ravissement :

— Des elfes ! Est-ce vrai que leur chevelure est piquetée d'étoiles ? Et qu'ils sont si beaux que les fleurs pivotent pour les suivre de la tête comme s'ils étaient le soleil ?

Cassiano faillit s'étouffer de rire. Il poussa la porte de sa maison et invita Capucine à entrer chez lui, lui promettant qu'elle aurait l'occasion d'en juger par elle-même.

— Vous vivez avec des elfes ?

Le sourire de l'homme aux cheveux blancs était énigmatique. La jeune fille se décida à entrer, pour découvrir dans la pièce principale sept personnes attablées devant de petites volailles rôties. Cassiano les présenta comme ses pensionnaires et Capucine en déduisit que le Nahualteucli tenait une auberge. Elle prit place à leurs côtés, cherchant un elfe des yeux et ne trouvant à table que des humains ordinaires. Sa déception dut être visible, car Cassiano se mit à rire de plus belle.

— Cho-Haya, je suis revenu ! appela-t-il. Nous avons une invitée de plus !

Une jeune fille écarta un rideau ligné, au fond de la pièce, les bras chargés d'un large plateau de gobelets. Capucine la dévisagea, les yeux écarquillés. La nouvelle venue était d'une beauté saisissante. Grande et menue, elle avait des cheveux noirs qui lui descendaient jusqu'aux reins, accentuant sa minceur. Ses yeux noirs étaient ourlés de longs cils et sa bouche évoquait la forme d'un cœur bien rouge. Cependant, ce qui était le plus frappant chez Cho-Haya, c'étaient ses oreilles : longues et effilées, elles étaient gracieusement pointues.

— Une elfe !

Cassiano se pencha vers Capucine pour lui souffler à l'oreille :

— Cho-Haya n'est qu'à moitié elfe, par sa mère. Attention : elle est très susceptible à ce sujet.

— C'est votre fille ?

La lueur de fierté qui brillait dans le regard de l'homme aux cheveux blancs lorsqu'il regardait Cho-Haya n'avait pas échappé à Capucine. Il hocha effectivement la tête. Quand la demi-elfe s'approcha pour servir les boissons, il présenta les deux jeunes filles l'une à l'autre. Une pensée importune traversa alors l'esprit de Capucine : elle se demanda ce que cette fille aux yeux de faon penserait de son père si elle savait qu'il avait laissé un jeune soldat mourir devant lui...

— Le bœuf sera prêt dans un instant, annonça Cho-Haya après un bref signe de tête en direction de la nouvelle invitée de son père.

Elle possédait une voix magnifique. Grave, feutrée, une voix qui semblait toujours sur le point de chanter... Capucine chercha quelque chose à répondre, pour le seul plaisir d'entendre à nouveau Cho-Haya parler. Cependant, elle ne fut pas assez vive : sans ajouter le moindre mot, la demi-elfe retourna à la cuisine avec son plateau vide. Néanmoins, quand le bœuf fut découpé en belles tranches juteuses et que tous les pensionnaires de Cassiano furent trop occupés à se régaler pour demander quoi que ce soit à Cho-Haya, celle-ci vint enfin s'asseoir près de Capucine.

— C'est très bon, fit cette dernière, faute de trouver quelque chose de plus original à dire.

— Merci.

— Cho-Haya, je veux que demain matin, tu quittes le quartier en compagnie de Capucine.

La nouvelle tomba comme la foudre. Les deux filles s'exclamèrent en chœur, sur le même ton incrédule, dévisageant Cassiano. Mais Cho-Haya se reprit vite : elle manifesta son désaccord avec un détachement qui donna froid dans le dos à Capucine. Sa belle voix possédait aussi le tranchant du métal ; si la demi-elfe paraissait docile au premier abord, il n'était pas difficile de passer outre à cette première impression pour découvrir la jeune fille volontaire qui bouillonnait sous la surface.

— Il n'en est pas question, papa. Et s'il m'était impossible de revenir ?

— Tu n'avais pas l'intention d'habiter avec moi encore très longtemps, de toute façon, répondit Cassiano avec nonchalance. N'est-ce pas ? Le quartier Ouest est vaste. Il est plein de possibilités pour qui sait y faire sa place.

— Papa ! Tu souhaites m'envoyer dans ce quartier mal famé ?

Cho-Haya perdait peu à peu son calme. Les pensionnaires de son père avaient cessé de manger pour mieux observer leur joute verbale et Capucine se sentit mal à l'aise d'assister à toute la scène, mal à l'aise d'en être la cause.

— Pourquoi tu ne la fais pas traverser toi-même ? Tu peux passer d'un quartier à l'autre, tu le répètes à l'envi !

— Après les événements d'aujourd'hui, il vaut mieux que je me tienne loin des portes pendant quelque temps.

— Très bien. Mais que fais-tu d'Aliou Benizou ? continua Cho-Haya.

— C'est ce qui s'appelle faire d'une pierre deux coups. Plus loin tu te trouveras d'Aliou et plus je serai rassuré.

La demi-elfe croisa les bras sur sa poitrine, l'air boudeur. Capucine s'émerveilla que l'homme aux cheveux blancs réussisse à conserver son aplomb face à sa fille. Pour sa part, elle aurait préféré céder à Cho-Haya plutôt que de risquer de la froisser.

— Je n'ai pas besoin que l'on m'accompagne où que ce soit, intervint-elle timidement.

— Si tu restes ici, Sahale te mettra la main au collet en un rien de temps.

— Pourquoi est-ce que Sahale s'intéresse à elle ?

Le nom du Maître du Labyrinthe semblait avoir éveillé l'intérêt de toute la tablée. En quelques mots, Cassiano résuma les événements de cette fin de journée. Lorsqu'il mentionna la mort du soldat Pichtli, nul ne s'en émut et le cœur de Capucine se serra.

— Alors tu connais les dragons ? s'émerveilla l'un des pensionnaires de Cassiano. Tu saurais les appeler ?

— Non ! J'ignore complètement pourquoi un dragon est venu me chercher, dans la montagne. J'ignore même pourquoi il m'a laissée seule ici !

Capucine préférait ne pas y songer. Si le dragon avait eu un dessein, elle voulait croire qu'il ne la concernait pas, que sa présence ici découlait seulement d'un affreux malentendu... Hélas pour elle, le reste de la soirée se passa à évoquer les dragons. Chacun connaissait des légendes à leur sujet, certains prétendaient en avoir entrevu un, dans les ruelles du quartier... La conversation s'égara si souvent dans de vagues suppositions abracadabrantes que Capucine se surprit à bâiller d'ennui.

— Mais Sahale ? Quel rapport y a-t-il entre lui et les dragons ? les interrompit soudain Cho-Haya.

— Je l'ignore, bien entendu, la taquina Cassiano — mais à en juger par le coup d'œil que la demi-elfe lui lança en retour, Capucine comprit qu'il mentait. Ne crois-tu pas que si je le savais, j'aurais déjà utilisé cette information contre lui ? Tout de même... Je sais que les dragons l'intéressent.

L'homme aux cheveux blancs tourna son regard vers Capucine, réfléchissant et hésitant à la fois. La jeune fille se souvint de ce que les gardes de la Porte lui avaient dit, à son arrivée. Profitant du silence, elle lâcha :

— De mon côté, je sais que le dragon est passé au-dessus du Labyrinthe une fois, déjà, avant aujourd'hui.

Elle dévisagea Cassiano, craignant qu'il ne lui réponde en badinant, comme il venait de le faire avec Cho-Haya... La question du prince-sorcier la prit de court :

— Sais-tu qui tu es, jeune fille ?

— Je suis Capucine. Rien de plus qu'une montagnarde ordinaire. Je suis orpheline, je n'ai pas d'histoire...

— Et Sahale ? insista Cho-Haya avec agacement.

— Oui, et Sahale ?

Capucine adressa un sourire hésitant à la demi-elfe, espérant lui faire plaisir en soutenant sa question. Cho-Haya se contenta de hausser les épaules avec un air neutre et son père soupira. Lui, en tous cas, ne souriait plus.

— Sahale s'intéresse au ciel, c'est de notoriété publique. Ses astromanciens lui ont certainement annoncé que quelque chose se prépare... D'ailleurs, j'ai entendu dire qu'un fou a osé prophétiser la victoire de la rébellion. Apparemment, les étoiles nous apprennent que la confrontation finale aura lieu avant la fin de l'année.

— Vraiment ?

L'excitation des pensionnaires de Cassiano était si manifeste que Capucine se demanda s'ils ne complotaient pas eux-mêmes contre le Maître du Labyrinthe. L'homme aux cheveux blancs s'empressa de temporiser leur joie. Lui, en tous cas, ne croyait pas à cette prédiction :

— Les rebelles ne parviendront pas à s'unir à temps. Le Labyrinthe regorge de tant de gens différents, soupira-t-il. Des humains, des gobelins, une ou deux lamies, des elfes et des demi-elfes... Oui, ce mélange explosera tôt ou tard. Mais grâce aux actions des rebelles ? J'en doute.

Capucine se moquait des rebelles et de leur mécontentement. Elle souhaitait seulement en apprendre davantage au sujet du premier passage du dragon.

— Ce n'est pourtant pas sorcier, répondit Cassiano. Un dragon survole par deux fois son Labyrinthe ; Sahale voit ce phénomène comme porteur de beaucoup de signification. Il aime contrôler ce qui se produit autour de lui, donc il cherche à acquérir les deux jeunes filles que le dragon a amenées à ses portes.

— Deux jeunes filles ? s'exclama Capucine.

— Je n'avais pas entendu dire que le dragon ait transporté qui que ce soit, la première fois, protesta l'une des plus vieilles pensionnaires.

— C'est parce qu'aucun d'entre vous ne va dans les autres quartiers, alors que moi, si.

C'est pourquoi je suis le Nahualteucli, conclut sarcastiquement l'homme aux cheveux blancs. Capucine, je vois que tu es épuisée. Si tu veux, je pense que nous poursuivrons cette discussion demain, avant ton départ ?

La jeune fille rougit. La discussion prenait enfin une tournure passionnante, mais sa fatigue la trahissait : Capucine ne cessait de bâiller. Avant longtemps elle ne parviendrait plus à se concentrer sur les paroles de Cassiano. Malgré son désappointement, elle hocha la tête.

— Cho-Haya va te préparer un lit pendant que tu fais ta toilette. Le temescale se trouve à l'arrière de la cuisine.

Capucine mesura toute la différence qui séparait le Labyrinthe de sa montagne natale quand elle pénétra dans la construction de pierres attenante à la cuisine. Chez elle, les tentes de sudation ne servaient qu'en hiver et étaient faites de cuir, tendu sur de longs piquets. Ici, il semblait que les citadins fissent usage des temescales toute l'année ; à en juger par l'épaisseur du nid de braises, il fallait également croire que dans le Labyrinthe, on entretenait le feu du matin jusqu'au soir... La jeune fille versa un peu d'eau sur les pierres brûlantes et se laissa envelopper par la vapeur. C'était tellement plus agréable que de s'immerger dans les eaux froides d'une rivière en furie !

Capucine se laissa aller à méditer. Recourant aux exercices de relaxation que sa mère adoptive lui avait enseignés, elle se retrouva vite dans un état proche de la transe. Au milieu de ses rêveries, l'ombre qu'elle avait cru apercevoir dans la rivière prit la forme d'un dragon d'eau... Cho-Haya la fit sursauter quand elle pénétra à demi dans le temescale.

— Est-ce que tu respires encore, là-dedans ?

Capucine comprit qu'elle profitait du temescale depuis plus longtemps qu'elle ne l'avait estimé. Elle se frictionna avec une poignée d'herbes odorantes, les jeta sur les braises et s'empressa de sortir. Cho-Haya lui avait apporté une grande couverture tissée et une chaudière d'eau tiède, dont elle l'aspergea.

— Je suis désolée de t'avoir fait attendre, fit Capucine en s'enroulant dans la couverture.

— Ce n'est rien.

La réponse machinale de la demi-elfe manquait de sincérité.

— Et je suis désolée que tu aies à m'accompagner.

— Il faut voir les choses du bon côté, je suppose. À partir de demain, je n'aurai plus à jouer les servantes pour mon père.

Capucine sourit, crispée. Cho-Haya la déroutait. Elle n'arrivait pas à comprendre pourquoi elle cachait son vrai visage derrière une façade d'indifférence. Se demandant comment elles parviendraient à s'entendre, une fois seules dans le quartier Ouest, elle se laissa piloter par la demi-elfe dans la vaste maison de Cassiano. Elles n'échangèrent pas une parole avant que Cho-Haya n'écarte une tenture masquant la grande pièce où Capucine allait dormir. Trois lits étroits s'y côtoyaient et la demi-elfe lui désigna le deuxième, près de la fenêtre.

— Je viendrai te chercher ici, demain matin, lui annonça-t-elle. Autrement, tu te perdrais dans la maison.

— C'est gentil de ta part.

— Je te préviens : je suis une lève-tôt. Dors bien.

— Merci...

La demi-elfe s'éloignait déjà. Capucine déposa près de la fenêtre la couverture humide que Cho-Haya lui avait donnée et se glissa sous les draps du deuxième lit. Cela faisait une impression étrange que d'entendre des sons différents au moment de se coucher. Malgré elle, la jeune fille tendit l'oreille, cherchant à percevoir le vent dans le feuillage des arbres ou les appels mélancoliques des oiseaux de nuit... Aucune des voix de ses chères montagnes ne chantait dans le Labyrinthe. Pourtant, le sommeil la trouva presque immédiatement et la projeta au milieu des mêmes images incongrues que les visions du temescale.

10

DES RÉVÉLATIONS
SUR LE PAS DE LA PORTE

Il s'avéra que Capucine se levait encore plus tôt que Cho-Haya. Les murailles se dressaient si haut, dans le Labyrinthe, que la matinée était bien avancée quand le soleil réussissait à pénétrer par les fenêtres. Peut-être à cause de cela, le quartier de la Rivière au grand complet se ranimait à l'heure où, dans la montagne, les paysans prenaient leur deuxième repas. Quand elle ouvrit les yeux, Capucine n'osa d'abord quitter son lit. La maison de Cassiano était si silencieuse, la jeune fille craignait d'éveiller les deux autres personnes qui partageaient la pièce avec elle... Au bout de ce qui lui parut une éternité, cependant, elle se décida à sortir de sous les draps. Elle enfila sa jupe et sa chemise, écarta la tenture et sortit dans le corridor sur la pointe des pieds.

La veille, elle n'avait pas remarqué les statuettes magnifiques, dispersées dans toute la maison de Cassiano. Ce matin, malgré la pénombre qui régnait dans les corridors, Capucine s'attarda à les admirer à son aise. Dans la collection du Nahualteucli, plusieurs des Esprits païens que révéraient les vieux Techtas se trouvaient représentés, en plus de certaines divinités que la jeune fille n'arrivait pas à identifier. Pourtant, sa mère adoptive l'avait bien éduquée dans les choses spirituelles. Capucine supposait qu'il ne s'agissait d'aucun des neuf dieux qu'elle connaissait, mais seulement de divinités étrangères, sans doute adorées dans des contrées lointaines... Elle passa un long moment devant la statuette de jade du dieu-serpent, priant pour qu'il lui accorde sa miséricorde... Elle craignait les aventures redoutables qui risquaient de s'abattre encore sur elle, dans cet invraisemblable Labyrinthe... Les trois seigneurs de l'Ombre, taillés dans l'onyx le plus pur, lui donnèrent le frisson. Tout à coup, elle ressentit le besoin urgent de sortir, de respirer à fond sous l'immensité du ciel.

En fait d'immensité, évidemment, le Labyrinthe n'avait que ses murs à offrir. Lorsque Capucine réussit enfin à trouver une porte qui ouvrait sur l'extérieur, elle s'adossa au mur de la maison, s'assit à même les pavés de la ruelle et prit le temps d'admirer cette partie du quartier. À bien y regarder, on devinait vite que la cité entière n'avait pas été conçue par un seul architecte : la disparité des constructions trahissait qu'elles avaient été édifiées à différentes époques, ce qui expliquait peut-être le plan confus de la cité. Certains bâtiments tiraient sur le rose, tandis que la plupart tendaient plutôt vers un jaune sale assez fade, mais on distinguait nettement que plusieurs maisons de pierre avaient été construites entre des bâtisses préexistantes, auxquelles elles s'accoudaient. Par-dessus et le long des murs, on avait également ajouté des cabanes de bois plus modestes, à un seul étage. En général, les toits de toutes ces habitations étaient de palme, mais Capucine nota deux terrasses garnies d'herbes hautes au sommet de tours tronquées. La jeune fille se demanda quelle vue elle découvrirait, si elle parvenait à grimper jusque-là... Le mal du pays s'empara aussitôt d'elle. Ici, les habitations qui s'entassaient les unes sur les autres et les rues sinueuses réduisaient le panorama à une dizaine de mètres. Seules les tours carrées s'élevaient au-dessus de ce fouillis, comme autant de doigts accusateurs, pointés vers le ciel... C'était là-haut que la jeune fille aurait dû se trouver pour pouvoir réfléchir clairement.

Cassiano ne se méprit pas sur l'expression de son invitée lorsqu'il vint s'installer à ses côtés. Il lui apportait un gobelet rempli à ras bord d'un exquis mélange de jus de fruits.

— Tu n'es pas à ta place, ici. Le Techtamel te manque sans doute beaucoup ?

Capucine hoqueta de surprise. Elle ne se souvenait pas lui avoir dit de quel royaume elle était originaire.

— Capucine, après notre discussion d'hier soir, j'ai passé une partie de la nuit à me demander s'il était sage de te révéler la vérité, poursuivit l'homme aux cheveux blancs. J'ai un secret à te confier... Le roi Deodato est-il toujours vivant ?

— Je l'ignore. Ou plutôt : j'ignore si le roi du Techtamel s'appelle Deodato. Il vit à Zollan, n'est-ce pas ?

— Oui, c'est la capitale du Techtamel, sur les berges de la mer Séverine.

— Moi, je suis née dans les montagnes au centre du royaume, expliqua Capucine. Je ne connais pas grand-chose...

— Non, tu te trompes, Capucine. Tu es née à Zollan.

Cassiano avait parlé doucement, comme s'il redoutait d'effrayer la jeune fille avec cette révélation, mais elle lui sourit avec amabilité :

— Vous me confondez avec quelqu'un d'autre, Nahualteucli.

— Non. Je suis moi aussi un Techta. Et j'ai vécu dans la capitale. Je vivais même dans le palais du roi Deodato, à l'époque où tes parents s'y trouvaient.

* * *

Capucine suspendit brusquement son récit et jeta un regard désolé à Tienko. Elle souhaitait lui narrer le plus précisément possible ses aventures dans le Labyrinthe, cependant elle venait de se rendre compte qu'il n'était pas sage de révéler ses secrets ici, ce matin. Le neveu du roi marchait à l'avant de la cohorte et discutait avec Amaryllis, mais d'autres oreilles risquaient d'entendre son histoire. Elle ne voulait pas mettre ses sœurs en danger. Elle sourit, contrite, et éluda les révélations du prince-sorcier :

— À ma grande surprise, Cassiano m'apprit alors que j'avais deux sœurs, dont j'avais été séparée peu après ma naissance. Je ne songeai pas un instant à douter de ce qu'il me disait : j'avais toujours su que Halian et Chenoa m'avaient recueillie bébé.

— Mais quel hasard, tout de même, de rencontrer un Techta dans le Labyrinthe. Et surtout, qu'il te reconnaisse ! fit le demi-elfe.

— *Eh bien, je suppose qu'en tant que prince-sorcier, il dispose de certains pouvoirs...*

Capucine hésita, répugnant à mentir. Elle prétexta un caillou qui lui blessait les orteils pour faire une pause, permit au héros de lui inspecter délicatement la plante des pieds et lorsqu'ils se remirent en marche, elle poursuivit avec les autres révélations de Cassiano. C'était un terrain à peine moins glissant, car il était difficile d'expliquer à Tienko comment elle avait retrouvé ses sœurs :

— *J'ai tout de suite deviné que l'une d'elles se trouvait avec moi dans le Labyrinthe...*

* * *

Capucine posa la main sur le bras de Cassiano et l'interrompit, les yeux brillants d'excitation :

— C'est elle, n'est-ce pas ? L'autre fille que le dragon a amenée dans le Labyrinthe ! C'est pourquoi vous me révélez tout cela ?

Cassiano hocha la tête. Il lui recommanda de la rechercher, de faire l'impossible pour la retrouver et, avec elle, de quitter le Labyrinthe. Il ignorait par quel hasard un dragon avait découvert les deux sœurs et pourquoi il les avait emportées si loin de leur pays, néanmoins il lui semblait juste qu'elles soient réunies.

Des bruits commencèrent à surgir des maisons avoisinantes. Un bébé se réveilla en pleurant, un chien se mit à aboyer. De l'autre côté de la rue, une voix de femme entonna une chanson mélancolique dans une langue que la jeune fille n'avait jamais entendue. Des pas contre les pavés de la ruelle firent se retourner Cassiano et Capucine. Un soldat solitaire, son mousquet négligemment posé sur l'épaule, patrouillait le quartier comme un somnambule. Il avait sans doute été de garde toute la nuit. Il salua le Nahualteucli, qui lui rendit son bonjour poli.

— Et ma troisième sœur ? poursuivit Capucine quand le soldat se fut assez éloigné pour ne plus l'entendre. Je devrais peut-être attendre que le dragon l'amène aussi.

— Non. La troisième n'est pas destinée au Labyrinthe, fit Cassiano, le regard rivé au sol. À moins que le roi n'ait changé d'avis... Capucine, je tremble à l'idée de te raconter cette partie de l'histoire. J'ai quitté le Techtamel peu après votre naissance... À cause des événements qu'a déclenchés votre naissance, en fait. Et j'ai juré au roi de ne jamais chercher à intervenir. Alors tout ceci ne me regarde pas... Plus maintenant.

Devant l'air à la fois déçu et outré de Capucine, le prince-sorcier consentit à en dire davantage. Il lui affirma qu'à Zollan, elle trouverait toutes les réponses à ses questions.

Du moins, si elle avait le courage de regagner le Techtamel avec sa sœur et de rechercher leur père, celui que l'on connaissait dans tout le royaume comme le grand Tadéo.

— Je fais mon devoir en te révélant cela. Mais pour libérer ma conscience, je pose sur tes épaules un lourd fardeau. La vie serait plus facile pour ta sœur et toi si vous restiez dans le Labyrinthe.

— Rester dans le Labyrinthe ! s'exclama Capucine. Rester dans cette cité où on s'assassine à chaque coin de rue ?

— Il n'y a pas tant d'assassinats que tu le crois... Et d'ailleurs, la plupart sont le fait des elfes...

— Rester dans le Labyrinthe alors que ma troisième sœur est au Techtamel ? Alors que, peut-être, elle ignore tout de moi ?

Cassiano hocha la tête. Manifestement, il s'était attendu à la réaction de la jeune fille :

— Quand je regarde tes yeux pétillants... Tes yeux si semblables à ceux de ton père, pour qui j'avais de l'admiration... Je ressens un sentiment de paix à l'idée de t'avoir dit la vérité.

Ce fut donc le cœur léger et le visage souriant qu'il confia la jeune fille à Cho-Haya, finalement moins matinale que promis, leur recommandant à toutes deux la prudence. Les adieux entre le père et sa fille furent étonnamment froids, même pour Capucine qui n'avait jamais reçu beaucoup de marque d'affection de la part de ses parents adoptifs.

Après avoir vivement protesté contre la mission dont Cassiano l'accablait, il semblait ce matin que la demi-elfe s'y résignait de bon cœur. Mieux : Cho-Haya paraissait maintenant pressée de se mettre en route. Elle s'était occupée de leurs bagages la veille, allant jusqu'à choisir dans sa propre garde-robe, pour sa compagne de voyage, une chemise légère convenant mieux au climat de la péninsule dil Cielo. Capucine s'en réjouit. L'attitude belliqueuse de la demi-elfe lui avait fait craindre le pire, mais aujourd'hui, elle se convainquait aisément qu'entre elles, l'amitié restait possible.

— Je gagne une nouvelle amie et deux sœurs, ce jour est béni ! rit-elle au moment du départ.

Cho-Haya ne partagea pas son bruyant enthousiasme, cependant elle daigna lui sourire et lui offrit des œufs durs, pour grignoter en chemin. Les deux filles empruntèrent un escalier qui descendait en sinuant au milieu des maisonnettes du quartier et franchirent un pont qui passait par-dessus la rivière que

Capucine connaissait déjà. Pour rejoindre la tour de quartier que leur avait recommandée Cassiano, elles auraient dû tourner à gauche devant la haute tour blanche...

— Nous passerons d'abord chez l'un de mes amis, annonça Cho-Haya.

L'instinct de Capucine lui souffla que c'était une mauvaise idée. Elle se risqua à répéter les avertissements du Nahualteucli... La demi-elfe les balaya du revers de la main, dans un geste plein de morgue :

— Épargne-moi tes jérémiades ! Tu ne connais pas mon père : selon lui, nous, les filles, devrions toujours rester sages et obéissantes comme des enfants ! Ne rien essayer qui lui soit inconnu et surtout, toujours nous fier aveuglément à ses opinions.

— Le Nahualteucli m'a paru très avisé, insista Capucine.

— Je ne dis pas le contraire.

Cho-Haya s'arrêta devant une bâtisse difforme, flanquée d'une longue échelle de bois où elle monta sans attendre. Capucine, elle, hésita un instant, se demandant si elle avait besoin de suivre la demi-elfe capricieuse. Elle ne connaissait pas le quartier de la Rivière, mais elle pouvait chercher la tour et traverser seule la porte trapézoïdale... Malheureusement, c'était à Cho-Haya que l'homme aux cheveux blancs avait confié sa clef. Avec un soupir, la jeune fille suivit son guide et grimpa l'échelle.

Une fois sur le toit plat, transformé en terrasse et meublé d'une dizaine de bancs en bois, Capucine vit qu'une passerelle reliait cet édifice au voisin et que Cho-Haya l'avait déjà traversée. Elle se retourna à demi en mettant le pied sur le balcon, de l'autre côté, et adressa un signe impatient à sa compagne. Puis, sans attendre, elle disparut à l'intérieur de la bâtisse. Capucine douta à nouveau. Le chemin ne lui inspirait aucune confiance. La corde qui maintenait en place les lattes de la passerelle était si effilochée qu'elle semblait sur le point de se rompre. De plus, la cheminée de pierres à laquelle on l'avait fixée n'était pas le plus bel exemple de maçonnerie du Labyrinthe...

La demi-elfe ressortit sur le toit voisin et s'engagea sur une deuxième passerelle, cette fois sans se retourner vers Capucine. Celle-ci baissa les yeux vers la ruelle, trois étages plus bas, et évalua ses chances de survivre à la chute...

— Qu'est-ce que tu attends ? s'impatienta de loin Cho-Haya.

Capucine traversa en courant la première passerelle, puis la deuxième. Elle rejoignit Cho-Haya sur la troisième toiture plate, où un cagibi avait été dressé. Un rapide coup d'œil aux alentours apprit à la jeune fille que le seul accès à ce toit-ci était la passerelle. Pour quitter le quartier, il faudrait donc la retraverser et revenir vers l'échelle...

— C'est ici qu'habite Aliou, expliqua Cho-Haya avec naturel. Je ne pouvais pas partir sans lui.

Elle frappa à la porte du cagibi et entra sans attendre de réponse. Par l'embrasure de la porte, Capucine aperçut ce qu'il y avait à l'intérieur. Elle remarqua d'abord Aliou : au contraire de la plupart des hommes du Labyrinthe, qui allaient torse nu, il portait une longue chasuble de tissu ambré. Le tourbillon qu'avait causé l'ouverture de la porte avait soufflé la flamme des bougies, disséminées dans la minuscule cabane, et leurs volutes de fumée s'enroulaient autour de la silhouette jaune... L'ami de Cho-Haya n'avait rien de rassurant. Il paraissait avoir les yeux de la même couleur que son vêtement et jamais Capucine n'avait rencontré quelqu'un au teint si foncé. On aurait pu croire que sa peau était faite du chocolat le plus onctueux... Les pots de céramique, peints de symboles bizarres, qu'elle distinguait derrière Aliou inquiétaient aussi la jeune fille, tout autant que les cristaux multicolores attachés à des chaînettes et pendus au plafond.

Sur la table devant Aliou, une forme animale se devinait sous un drap blanc brodé d'or.

Capucine frissonna, prise d'un pressentiment effrayant, et regretta qu'il soit trop tard pour rebrousser chemin. Cho-Haya, quant à elle, connaissait assez bien son ami pour ne pas se laisser impressionner par son attirail :

— Je m'en vais ! annonça-t-elle d'une voix où perçait l'excitation. Mon père m'a donné la clef d'une porte !

Le visage sévère du jeune homme s'éclaira d'un sourire ambigu. S'il avait eu l'intention de grogner contre l'intrusion de son amie, la nouvelle qu'elle lui apportait changeait tout.

— Nous traverserons dans le quartier des Tours, mon Aliou. Ce n'est plus seulement un rêve !

— Alors, tu m'emmènes avec toi ?

Le jeune homme leva les yeux et, regardant par-dessus l'épaule de Cho-Haya, il concentra son attention sur Capucine. Celle-ci recula d'un pas, mais la demi-elfe s'empressa de faire les présentations. L'expression d'Aliou s'adoucit. Lui aussi avait entendu parler des deux passages du dragon et des filles qu'il avait laissées derrière lui.

— Vraiment ? s'étonna Capucine.

Elle avait cru comprendre que seuls les gens des quartiers périphériques savaient qui le dragon avait abandonné au Labyrin-the. Aliou maîtrisait cependant un art qui

lui permettait d'apprendre ce qu'il souhaitait
savoir :

— Il est sorcier, expliqua succinctement
Cho-Haya.

Ce que Capucine voyait dans le cagibi la
poussait à se demander quel type de sorcellerie pratiquait Aliou. Elle n'y connaissait pas
grand-chose, mais elle se rappelait une sorcière
des Sangs qui était montée chez ses parents
adoptifs pour soigner Chenoa... Quand le jeune
homme empaqueta rapidement quelques effets
personnels, dont le drap blanc brodé, et que
Capucine découvrit le cadavre d'un chien en
dessous, son pressentiment se confirma : Aliou
n'était pas seulement sorcier, il pratiquait la
nécromancie ! La jeune fille comprit immédiatement pourquoi Cassiano préférait éloigner
Cho-Haya d'un tel individu.

Mais si le prince-sorcier ne parvenait pas
à se faire obéir de sa fille, Capucine non plus
n'avait aucune chance de faire valoir son
opinion : Cho-Haya possédait une volonté
bien plus implacable que la sienne. Capucine
ravala ses craintes et se résigna à accepter la
compagnie d'Aliou.

En bas, dans la ruelle, des bruits métalli-
ques répétés attirèrent l'attention de la jeune
fille. Précédant Aliou et Cho-Haya, elle revint
sur la passerelle et jeta un coup d'œil vers le

sol. Les soldats armés qui encerclaient l'édifice du nécromant lui rappelèrent les événements de la veille. Les yeux ronds d'appréhension, elle se tourna vers ses compagnons obligés. La demi-elfe ne semblait guère alarmée, accrochée nonchalamment au bras d'Aliou, mais Capucine lisait une certaine nervosité sur les traits de celui-ci.

— Ils sont déjà là ! grommela-t-il. Mais s'ils croient arriver jusqu'ici en passant par les escaliers intérieurs, ils seront déçus !

— Ils découvriront vite les passerelles, lui fit remarquer Capucine.

— Ça nous laisse quelques minutes pour leur échapper, trancha le nécromant.

Les passerelles craquèrent de manière inquiétante lorsque les trois compagnons traversèrent en même temps, au pas de course. Des cris leur parvinrent des différentes ruelles tout autour — le quartier se transformerait vite en souricière, pour Aliou ! Il s'engouffra avec Cho-Haya dans un étroit escalier casse-cou. Ils entendirent la détonation d'un mousquet, à leur droite, et se précipitèrent dans une venelle... Capucine, à la remorque des deux autres, craignait le pire.

— Là-bas ! cria soudain Aliou.

Il pointait une élégante fontaine, droit devant les fuyards, située au milieu d'une large plazza. Un instant, Capucine se demanda si le nécromant avait l'intention d'utiliser ses pouvoirs pour les faire disparaître dans l'eau. Puis elle nota deux petits garçons, assis directement sur les pavés, à côté de la fontaine. Ils avaient la peau presque aussi foncée qu'Aliou. Quand ils le virent courir vers eux, ils abandonnèrent leur jeu de dés et réagirent à la vitesse de l'éclair. Allongeant le bras, l'un d'eux ouvrit le grillage qui protégeait la bouche d'un égout. Cho-Haya n'avait besoin d'aucune autre forme d'invitation : elle se laissa tomber dans le trou, vite rejointe par son ami, et Capucine les suivit avec juste assez de retard pour sentir le grillage se refermer contre sa tête. Le cliquetis caractéristique d'un cadenas lui fit lever les yeux ; elle ressentit le besoin incontrôlable de hurler pour qu'on la laisse sortir de ce piège... Cho-Haya la saisit par la main et la tira en avant, les pieds dans l'eau, l'entraînant dans une noirceur totale.

* * *

Tienko buvait littéralement les paroles de Capucine et celle-ci parlait, parlait, parlait... Sa voix s'était faite rauque à force de raconter son histoire. La poussière du chemin n'aidait guère, pas plus que la fatigue. Le guerrier prit sa main dans la sienne et remercia la conteuse.

— Le portrait que vous venez de me peindre du Labyrinthe « est » fascinant, quoi que vous en pensiez ! s'exclama-t-il.

Même si Capucine ignorait tout de Tienko, une chose lui apparaissait évidente : le demi-elfe n'était pas né au Techtamel. Autrement, il aurait facilement deviné l'identité des trois sœurs ! N'importe quel Techta aurait fait le lien avec la prophétie qui avait marqué leur naissance et aurait deviné qu'il avait affaire à l'une des sœurs de la reine, sinon à la reine. Même les mercenaires chasseurs de prime connaissaient leur histoire puisqu'un an auparavant, le roi avait promis une récompense à celui qui saurait lui ramener sa jeune épouse en fuite... Il était vraiment surprenant que Tienko ne se doute de rien.

À cause de cela, Capucine aurait jugé plus sage de ne pas parler de Cassiano. Tout en poursuivant le fil de son histoire, elle avait supposé que l'une de ses sœurs interviendrait à temps pour l'empêcher d'en dire trop... Mais ni Dahlia ni Amaryllis ne l'avaient fait. Et la jeune fille ne savait pas mentir.

L'idée que le roi Deodato souhaitait leur mort la hantait ; en un sens, à cause de la terrible prophétie qui avait bouleversé leur vie, elle comprenait ses motivations. Elle comprenait aussi qu'il n'ait pas voulu laisser la jeune reine du Techtamel battre la campagne comme une paysanne, étant donné le funeste destin qu'on lui avait prédit... Mais pas au point d'embaucher des mercenaires sans scrupules afin de la retrouver ! Ils avaient dû être fiers, ces guerriers impitoyables qui leur avaient mis la main au collet, à l'idée de toucher une prime royale pour trois filles plutôt qu'une seule. Avec quelle insensibilité ils les avaient livrées au roi ! À la pensée que Tienko puisse être comme eux, la jeune fille tremblait de terreur. Elle observait le demi-elfe à la dérobée, se demandant s'il avait reconnu les trois fleurs du roi Deodato. Peut-être réfléchissait-il à un moyen de capturer la jeune reine à l'insu de Lucio dil Senecalès, souhaitant garder la prime pour lui seul ? Peut-être la nouvelle de leur capture n'avait-elle pas encore fait le tour de tous les mercenaires... Capucine craignait qu'il feigne de lui accorder son attention dans l'unique but d'endormir sa méfiance. Le neveu du roi lui paraissait également à craindre. Il avait forcément assisté au mariage de son oncle ; il finirait bien par reconnaître la reine du Techtamel...

Une chose rassurait néanmoins Capucine : le roi Deodato croyait sa jeune épouse et ses deux sœurs hors d'état de nuire, puisque nul jusqu'à maintenant n'avait survécu à l'ogre de la Plaine Trouée. Il leur faudrait mettre leur vengeance en œuvre pour qu'il comprenne son erreur — et admette enfin que nul ne pouvait échapper aux prophéties divines. Tout de même, Capucine espérait qu'Amaryllis avait un plan.

En réalité, depuis que la troupe s'était mise en branle, Amaryllis songeait elle aussi au danger qu'elles couraient toutes les trois. Accepter l'invitation de l'héritier-machtli représentait un risque énorme, cependant la jeune fille n'avait pas osé refuser, de crainte d'éveiller la méfiance de Lucio. Aucune prisonnière fraîchement libérée des griffes d'un monstre légendaire n'aurait refusé l'hospitalité d'un palais ! Le neveu de Deodato connaissait évidemment l'histoire des trois fleurs du roi. Peut-être n'avait-il pas reconnu la reine ; peut-être n'avait-il pas compris qu'en fait, les trois sœurs qu'il venait d'inviter chez lui étaient des triplées — Dahlia, Capucine et Amaryllis étaient loin d'être identiques. Toutefois, le moindre faux pas risquait à la fois de les ramener pieds et poings liés devant leur ennemi et de compromettre leur vengeance. Aussi Amaryllis faisait-elle de vaillants efforts pour entretenir la conversation, de façon à ce que Lucio ne s'intéresse pas trop à ce que Capucine racontait. Lorsque le palais dil Senecalès fut en vue, élégamment perché sur une colline rocheuse, le neveu du roi se mit à rire :

— Amaya, Amaya ! Nous venons de traverser toute la Plaine Trouée sans jamais cesser de discuter. Tu m'as détourné de mon ami Tienko pendant plus d'une heure... Et maintenant que nous sommes chez moi, il voudra dormir et je devrai patienter pour entendre son récit !

— Mais regardez-le, héritier-machtli. Pensez-vous qu'il vous en gardera rancune ?

Tienko et Capucine formaient un couple charmant, si absorbés l'un par l'autre qu'ils n'avaient vu ni le temps passer, ni les kilomètres. Ils s'étonnèrent d'une même voix d'être déjà parvenus à destination et Lucio dil Senecalès rit de plus belle. À nouveau, il posa un regard grave et impénétrable sur Amaryllis et celle-ci sentit son pouls s'accélérer. Elle souhaitait faire confiance à son instinct et croire qu'elle n'avait rien à craindre de l'héritier du roi Deodato, mais elle avait peur de marcher dans un piège. L'héritier-machtli lui rappelait trop Sahale.

Les triplées pénétrèrent dans le riche palais dil Senecalès et se laissèrent guider vers les bains, méfiantes, mais si fatiguées que n'importe quelle geôle lui aurait semblé préférable à une autre journée de fuite.

11

LA PROMESSE
DANS LES ÉGOUTS

Les égouts étaient un labyrinthe sous le Labyrinthe. La seule lumière qui éclairait un peu ce dédale humide provenait des soupiraux grillagés, semblables à celui par lequel Cho-Haya, Aliou et Capucine avaient pénétré. C'était une chance : Capucine préférait ne pas discerner les détritus qui flottaient dans l'eau des tunnels. Parfois, des bestioles nageaient entre les jambes du trio et celles-là aussi, la jeune fille préférait ne pas les voir. Seul Aliou paraissait à l'aise. Il guidait les deux filles avec une assurance qui trahissait sa connaissance des lieux.

— Comment se fait-il que tu sois déjà venu ici ? osa lui demander Capucine.

Le nécromant ne daigna pas répondre. Ce fut donc Cho-Haya qui se chargea de satisfaire la curiosité de sa compagne :

— Ce n'est pas la première fois qu'Aliou échappe aux soldats du Maître.

— Ne l'appelle pas comme ça ! gronda le jeune homme en se retournant vivement.

La pauvre lumière qui tombait du soupirail au-dessus de sa tête plongeait ses yeux dans l'ombre, dessinant sur son visage un masque de raton laveur. Cela ne le rendait que plus inquiétant et Capucine recula avec effroi.

— Sahale n'est qu'un paria, comme nous tous !

— C'est quand même lui qui commande.

Dans sa colère, Aliou frappa la demi-elfe, qui se retrouva assise dans l'eau sale. Capucine cria, scandalisée. Elle voulut aider sa compagne à se remettre debout, mais Cho-Haya refusa son assistance. Elle fixa le nécromant d'un air de défi et celui-ci s'excusa.

— Sahale a seulement eu plus de chance, grommela-t-il avant de tourner le dos aux deux filles.

Il s'éloigna en marmonnant. Au milieu du clapotis de ses pas, Capucine crut l'entendre jurer qu'un jour, lui aussi serait puissant. Plus puissant que Sahale lui-même...

— Ça va ? demanda-t-elle à Cho-Haya.

— Bien sûr, qu'est-ce que tu crois ? Que je suis douce et fragile ?

La demi-elfe se redressa avec brusquerie et emboîta le pas à son ami.

— Il est souvent comme ça ?

— Comme ça quoi ?

Le message était clair. Capucine n'insista pas et garda sa sollicitude pour elle. Pendant de longues minutes, le trio avança donc sans qu'aucune parole soit échangée, le silence uniquement rompu par les bruits de l'eau. Aliou paraissait se diriger vers une destination précise, bifurquant d'un tunnel à l'autre sans la moindre hésitation, mais Capucine aurait été incapable de deviner ce qui lui permettait de s'orienter. Les conduits des égouts semblaient tous pareils.

Le trio déboucha néanmoins sur un tunnel différent, où l'odeur de moisissure leur laissa quelque répit. Au contraire des autres qu'ils avaient suivis, celui-ci n'avait pas été aménagé de main d'homme. La rivière qui coulait au fond l'avait sans doute creusé au fil des siècles. Sur ses parois irrégulières, quelqu'un avait toutefois tracé de curieux symboles phosphorescents. L'un, entre autres, donna la chair de poule à Capucine : un long serpent ailé dont le crâne s'ornait de lignes hérissées. La jeune fille songea au dragon qui l'avait amenée dans le Labyrinthe et se demanda s'il n'existait pas un lien immémorial entre la race des dragons et cet endroit exécrable...

Elle fut tirée de ses pensées par une lumière vive, brandie à bout de bras par un homme laid à faire peur. Ses cheveux poivre et sel formaient une couronne hirsute autour de son crâne, révélant la cicatrice boursouflée qui en garnissait le sommet. Ses lèvres pulpeuses s'étiraient en une perpétuelle grimace à cause d'une deuxième cicatrice, reliant sa bouche à l'un de ses yeux. L'accident qui l'avait ainsi défiguré lui avait par ailleurs coûté son œil, car sa paupière gauche était cousue de façon à rester fermée. Capucine cacha sa grimace de dégoût derrière sa main ; Cho-Haya lui jeta un regard de réprimande.

— Aliou ? lança l'inconnu. C'est bien toi ?

— Papalo ! Vieux pirate, tu es encore en vie ?

— Pas grâce à toi, intervint une autre voix.

Trois hommes et une jeune femme sortirent de l'ombre et vinrent se planter aux côtés du balafré. La femme avait le teint aussi foncé qu'Aliou, en plus d'un vague air de famille. Capucine ne fut pas surprise de les voir se saluer en silence. L'un des nouveaux venus portait une épée qui pendait le long de sa jambe ; c'était lui qui avait parlé.

— Tu n'as pas tenu ta promesse, ajouta-t-il.

Quelque chose dans son ton donna à penser à Capucine qu'il s'agissait d'une mauvaise nouvelle. Elle pesta intérieurement contre la bêtise de Cho-Haya, qui l'avait poussée à désobéir à son père pour s'acoquiner avec un dangereux voyou, et contre sa propre couardise, qui l'avait fait hésiter à les quitter tous deux tandis qu'elle en avait l'occasion.

— Je vais arranger ça, promit Aliou avec un curieux sourire fanfaron. Aujourd'hui, tiens ! J'ai un peu de temps devant moi.

— Aliou !

Cho-Haya n'osa protester davantage. Le balafré ricana et annonça qu'il allait chercher la barque. La jeune femme à la peau noire prit la lanterne à sa place et dévisagea le nécromant sans aménité.

— Ta mère est morte la semaine passée, dit-elle tout de go. Tu n'étais pas là.

— Tu y étais, toi ?

Lorsque la jeune femme hocha affirmativement la tête, Aliou haussa les épaules avec nonchalance.

— Dans ce cas, c'est parfait. Je n'avais pas besoin d'y être en plus.

Capucine sourcilla. Elle se jura à nouveau qu'une fois sortie des égouts, elle mettrait le plus de distance possible entre le nécromant et elle. Même si cela l'obligeait à quitter aussi Cho-Haya, même si cela signifiait surtout de se passer de la clef de Cassiano. Elle espérait que la demi-elfe choisirait de l'accompagner... Cependant, ils n'en étaient pas encore là. Le balafré revint, tirant une embarcation le long du courant grâce à un gros filin, et le trio des visiteurs reçut l'ordre d'y monter. La barque glissa sur la rivière, descendant librement le courant jusqu'à un vieux quai de bois à demi pourri. Là, le balafré les invita à descendre :

— La Nahualtia sera heureuse d'en finir avec toi.

— Je sais, répondit Aliou, sans enthousiasme.

Ils furent emmenés dans une étroite salle circulaire dont un siège ressemblant à un trône occupait tout le centre. Ils n'eurent pas longtemps à attendre avant qu'une femme chargée de bijoux y entre à son tour et prenne place sur le trône. Lorsqu'elle salua Aliou d'un « cher neveu » sarcastique, il apparut que Cho-Haya connaissait bien moins son ami qu'elle ne le laissait paraître : une exclamation de surprise la trahit. Les deux filles apprirent donc en même temps que le nécromant était né dans les égouts du Labyrinthe et qu'il les avait quittés dans le but d'améliorer son sort.

— Il y a un an que je ne t'ai vu, Aliou, enchaîna la Nahualtia. En as-tu profité pour devenir riche et influent ?

— Pas encore.

— Comment ? J'aurais cru que Sahale lui-même se serait incliné devant tes pouvoirs !

Il était clair que l'ironie de sa tante heurtait Aliou dans son orgueil, surtout devant Capucine et Cho-Haya. La Nahualtia en profita, jouant avec le jeune homme comme un chat avec une souris. À la fin cependant, quand Aliou parut sur le point d'exploser, elle daigna sourire :

— Très bien. Terminons ce que nous avions commencé l'an dernier et je te laisserai retourner à tes projets de richesse.

— Ne me dis pas que tu... Que tu as gardé le cadavre ? Pendant un an !

— Je suis heureuse que tu reviennes enfin, Aliou, car l'odeur est atroce.

Capucine pâlit et jeta un coup d'œil à Cho-Haya. La demi-elfe n'en menait pas large non plus. Pourtant, elle suivit son ami sans hésiter lorsqu'il emboîta le pas à sa tante. La jeune fille ne souhaitait pas assister à la cérémonie qui, elle le devinait, aurait lieu aujourd'hui dans les égouts. Le balafré ne la laissa pas choisir : l'empoignant par le bras, il l'entraîna à la suite des autres malgré ses protestations.

L'antichambre où la Nahualtia les fit pénétrer était fermée par une lourde porte, taillée dans un seul bloc de pierre. Une chaîne, pendant du plafond, permettait de la faire glisser de côté, mais Aliou et le balafré durent s'y mettre à deux pour que le mécanisme fonctionne. La bouffée d'air qui les assaillit, lorsque la porte s'entrouvrit, donna envie de vomir à Capucine. Cho-Haya elle-même en perdit son air arrogant. Le pire restait à venir : quand la femme à la peau noire entra dans la pièce ainsi révélée, la lumière de sa lanterne permit de distinguer, au fond, un autel de marbre souillé de sang. De chaque côté et au centre de la pièce, des bougies de tailles inégales attendaient sur des guéridons, près de divers contenants scellés... Mais, malgré les craintes des deux filles et malgré l'odeur écœurante, il n'y avait aucun cadavre.

— Sors-le, Papalo, ordonna la Nahualtia.

Le balafré ouvrit une trappe, dans le sol. Cette fois, l'odeur devint si insupportable que Cho-Haya et Capucine vomirent leur déjeuner, côte à côte près de la porte. Lorsqu'elles furent un peu remises, elles se tournèrent à nouveau vers les autres. Papalo avait sorti du trou un paquet long et raide, enveloppé dans une toile brunâtre. Il le déposa sur l'autel et Capucine gémit de dégoût. Elle se hâta de retourner dans l'antichambre — Aliou la rattrapa avant qu'elle n'aille plus loin.

— Je ne veux pas voir ça ! cria-t-elle, essayant d'échapper à sa poigne solide.

— Je ne t'ai pas demandé si tu en avais envie ! Tu restes, c'est tout, trancha le nécromant. Ferme les yeux. Je n'ai besoin que de ta présence.

Aliou feignait une froide indifférence. Quand il approcha les mains du cadavre, la jeune fille put constater qu'elles tremblaient. Il retira néanmoins la toile qui le couvrait, exposant les chairs putréfiées et le visage méconnaissable du mort. Femme ou homme, il n'était plus possible d'en juger.

— Aliou... Tu ne vas pas poursuivre cette... Ça !

Le regard sévère de son ami convainquit Cho-Haya de se taire. Suivant ses instructions, les deux filles posèrent une main sur les épaules du nécromant et la Nahualtia hocha la tête, satisfaite. Soulevant le couvercle de l'un des contenants de céramique, elle y plongea les doigts et en sortit une pierre de jade magnifiquement taillée. Aliou grogna quelques mots inintelligibles, sur un ton mécontent.

— Tu t'attendais à ce que je t'épargne la moitié du rituel ? répondit sa tante.

La Nahualtia, en tous cas, semblait très à l'aise malgré le cadavre et sa puanteur. Sur un signe d'elle, le balafré alluma les bougies, puis souffla la flamme de la lanterne ; Capucine aurait préféré rester dans la pénombre. La tête lui tournait. Lorsqu'elle fermait les yeux, elle se sentait sur le point de perdre connaissance... Baissant la tête pour ne plus voir les chairs décomposées, elle nota les symboles peints en rouge, à même la pierre du sol.

— Où est la sorcière du Roc ? demanda Aliou.

— Morte. Depuis presque quatre mois, répondit la Nahualtia.

— Que veux-tu que je fasse avec ce jade, alors ? Je ne connais pas...

— Tu n'avais qu'à revenir plus tôt. Débrouille-toi.

Le nécromant pinça les lèvres et tourna la tête vers Cho-Haya.

— Ton père est sorcier, tu peux m'aider.

— Il pratique la sorcellerie de l'Eau, murmura la demi-elfe. Et tu sais bien qu'il ne m'a jamais enseigné quoi que ce soit !

Capucine pinça les lèvres. La dureté que manifestait Cho-Haya envers son père s'expliquait enfin. Savoir qu'autrefois, sa maîtrise quasi parfaite de l'eau lui avait valu de vivre dans le palais d'un roi, que cela lui avait mérité l'amour d'une elfe... Mais ne pas pouvoir partager ce savoir avec lui, car Cassiano refusait d'initier sa fille à la sorcellerie... La jeune fille pouvait comprendre que Cho-Haya en tienne rigueur à son père.

— La dernière fois, c'est parce que tu n'as pas réussi à te concentrer que tu as échoué, fit la voix cruelle de la Nahualtia. Si tu n'avais pas accordé autant d'attention à ce que la vieille sorcière du Roc faisait, tout se serait bien passé. J'espère que cette erreur de débutant te permettra, aujourd'hui, de pallier son absence !

— Avec deux rituels à mener de front...

Le nécromant soupira, mais il se résigna à obéir. Il prit la pierre dans sa paume et psalmodia la phrase que la sorcière du Roc avait dite afin de préparer le jade à recevoir l'âme du mort :

— *Néphrissis dil aluminol o palcitès pari manésius*, je suis votre maître.

Capucine se serait attendue à ce qu'une sorcellerie utilisant des cadavres se verbalise à travers une langue aux sonorités inquiétantes. Mais la langue importait probablement peu, car les effets des paroles fluides du nécromant ne se firent pas attendre : il sembla tout à coup à la jeune fille que le jade luisait faiblement. Pour oublier l'autel et le cadavre, elle fixa son regard sur les dessins que les doigts d'Aliou traçaient sur la pierre... Assez vite, elle crut comprendre ce qui se passait et baissa à nouveau les yeux vers le sol. Il y avait là plusieurs symboles : une vrille, un soleil et une image saugrenue, à moitié un éclair, à moitié un nuage... Le nécromant traçait sur le jade les mêmes formes que la jeune fille discernait sur le plancher. La pièce où ils se trouvaient participait donc à la sorcellerie... Aliou attrapa brusquement Capucine par la main, la tirant de ses réflexions, et lui donna la pierre. Elle était chaude comme si elle avait séjourné dans un brasier.

— Quetzal Totolt ! cria le nécromant, rompant le silence.

Capucine fut tellement saisie qu'elle faillit en échapper le jade. Levant les yeux, elle vit qu'Aliou avait jeté son drap blanc brodé d'or sur le visage du cadavre.

— Quetzal Totolt ! répéta-t-il. Quetzal Totolt !

L'intensité des bougies diminua fortement tandis que la flamme de deux d'entre elles virait au bleu. Aliou sortit alors de sous sa chasuble un pendentif métallique attaché à un cordon de cuir et Capucine hoqueta de surprise en le voyant. Il s'agissait d'un dragon, stylisé mais néanmoins reconnaissable. Le nécromant le passa par-dessus sa tête et le tint suspendu au-dessus du cadavre, invoquant l'âme du mort :

— Par le pouvoir des runes des dieux de mon peuple, par le pouvoir de ce temple et les enseignements de Lagan mon maître, Quetzal Totolt, manifeste-toi !

Une bourrasque de vent, sortie de nulle part, brassa les odeurs putrides qui semblaient s'être condensées autour du cadavre. Elle souffla toutes les bougies, sauf les deux dont la flamme était devenue bleue. Peu à peu, une masse informe de fumée se matérialisa au-dessus du cadavre et la lueur saphir des bougies l'éclaira par en dessous.

— Quetzal Totolt, manifeste-toi !

La fumée se condensa en une colonne imprécise et une pulsation rosée apparut à l'intérieur. Il sembla à Capucine que les pulsations suivaient le rythme des battements de son cœur affolé.

— Quetzal Totolt, manifeste-toi. Par les pouvoirs de ce temple...

Le sol trembla sous leurs pieds et Aliou s'interrompit, comprenant sans doute qu'il n'obtiendrait rien de plus de l'âme de Quetzal Totolt. Il y avait un an qu'il était mort. Capucine savait très bien ce qu'il advenait des âmes, après le trépas : elles erraient à travers les cinq niveaux de l'inframonde, passant les épreuves qui permettaient au Seigneur de la Mort de choisir la réincarnation appropriée... Après un an, Quetzal Totolt devait déjà se trouver au-delà du troisième niveau de l'inframonde. Le fait qu'il soit tout de même parvenu à se matérialiser sous forme de nuage prouvait toutefois que Quetzal Totolt n'avait pas encore atteint le dernier niveau de la mort et qu'il était possible de le soustraire à la réincarnation — c'était ce que souhaitait la Nahualtia. Et si elle avait conservé un cadavre aussi longtemps dans le seul but d'assouvir sa vengeance, sa colère n'était pas à prendre à la légère. Capucine ignorait s'il était vraiment possible à un nécromant de se rendre maître d'une âme après son trépas, cependant elle comprenait les motivations d'Aliou ; à sa place, elle aurait préféré essayer jusqu'à en périr plutôt que de provoquer le courroux de sa redoutable tante !

— Quetzal Totolt, j'invoque le pouvoir de la rune Kú gouvernée par le Seigneur de la Mort !

Le nuage frémit et les deux dernières bougies menacèrent de s'éteindre. On n'invoquait pas en vain le Seigneur de la Mort. Aliou fit un geste sec de la main en direction des flammes bleues, hurlant le nom d'Ahpuch, celui qui régnait sur le cinquième niveau de la mort. Un tintement de clochette retentit tandis que la fumée au-dessus du cadavre prenait de plus en plus d'ampleur... Persuadée que son compagnon allait s'attirer l'ire d'Ahpuch par ses agissements malsains, Capucine se mit à prier en silence. Elle n'avait pas envie de mourir, surtout pas si loin de ses chères montagnes ! Elle récita en pensée le cantique des déesses créatrices, espérant que leur bonté la sauverait du Seigneur de la Mort...

— Quetzal Totolt, je suis ton maître, rugit de plus belle Aliou, afin de couvrir le tintamarre des invisibles clochettes. Par les pouvoirs de ce temple, je prends possession de ton âme. Par le pouvoir de l'ancienne rune Kú, je prends possession de ton âme.

Le cadavre fut soudain agité de soubresauts et Capucine ne put retenir un hurlement de terreur. La silhouette d'Aliou lui apparaissait à contre-jour, nimbée du rose qui brillait de plus en plus intensément, au centre de la colonne de fumée. Et elle lisait sur son profil crispé que seule sa volonté lui permettait de poursuivre le rituel. Sa volonté... Et la crainte des conséquences, sans doute, s'il s'interrompait avant d'en avoir terminé. Si le rituel échappait à son contrôle, s'il ne maîtrisait pas l'âme de Quetzal Totolt, la porte qu'il venait d'entrouvrir permettrait au Seigneur de la Mort de se déchaîner contre lui et contre tous ceux qui se trouvaient autour de l'autel. La jeune fille remarqua que la voix du nécromant avait perdu en fermeté lorsqu'il prononça la dernière injonction :

— J'enferme ton âme pour l'éternité dans le jade.

Capucine ne fut que trop heureuse de lui rendre la pierre lorsqu'Aliou tendit la main vers elle.

— Désormais, tu ne seras plus Quetzal Totolt, tu seras seulement Javerde. Pour l'éternité. Maintenant !

Le dernier mot retentit dans la salle comme un coup de feu. La colonne de fumée éclata littéralement. Elle se répandit aux quatre coins de la pièce — Capucine eut la nette impression que l'âme du mort essayait de se soustraire au nécromant qui venait de se proclamer son maître. Cependant, elle ne parvint pas à s'échapper avant qu'Aliou ne souffle les deux flammes saphir. La pulsation rose disparut aussitôt et il ne resta dans la pièce qu'une faible lumière, brillant au cœur du jade...

— C'est fait ?

Dans la pénombre, la voix haineuse de la Nahualtia sonna comme une malédiction. Aliou soupira et répondit par l'affirmative, sa lassitude transparaissant dans son ton.

— Alors débarrasse-nous de cette pourriture, Papalo ! Je n'en peux plus de sentir cette odeur !

Le balafré ralluma la lanterne et la Nahualtia arracha la pierre verte des mains de son neveu. Sans le remercier, elle quitta la salle d'un pas martial. Capucine s'aperçut alors que Cho-Haya pleurait en silence, la main toujours posée sur l'épaule de son ami.

— Oh, ça va ! Cesse de pleurnicher, c'est fini ! grogna-t-il en s'écartant.

— Je ne croyais pas que tu allais vraiment le faire, ricana Papalo en rallumant les bougies autour du cadavre. Tu dois être fier d'avoir tenu le coup, cette fois !

Si une telle chose était possible, la putréfaction du cadavre semblait s'être accentuée, depuis le rituel. Capucine aurait juré que les os du crâne saillaient à présent à travers la chair... Aliou lui-même sortait vieilli de cette épreuve. Des cernes sombres creusaient ses yeux.

— Mon Aliou...

La pitié de la demi-elfe n'intéressait pas le nécromant. Il tourna le dos aux deux filles et s'absorba dans la contemplation des symboles peints sur le mur, tandis que le balafré sortait avec les restes de Quetzal Totolt...

Capucine, de son côté, s'accrochait aux révélations de Cassiano pour ne pas se laisser aller à hurler : elle n'avait pas à rester dans le Labyrinthe. Au milieu de cette cité remplie de désaxés, elle saurait retrouver sa sœur. Et une fois ensemble, elles fuiraient la démence de cet endroit pour retourner chez elles, au Techtamel. Avec sa sœur, elle serait enfin en sécurité. Cassiano avait dit qu'elles devaient échapper au Labyrinthe... Retrouver la troisième des triplées...

12

UNE OCCASION EN OR...

Capucine frissonna et Tienko chercha des yeux une couverture, mais Dahlia avait été plus rapide. Elle emmitoufla sa sœur avec tendresse, espérant que la chaleur la réconforterait un peu. Elle avait déjà entendu son histoire lorsqu'elles s'étaient rencontrées, dans le désert. Mais avoir à l'écouter une deuxième fois ne la rendait pas plus facile à supporter. Lorsqu'elle songeait que sa délicate sœur avait dû assister à une si macabre cérémonie, elle ne pouvait s'empêcher d'admirer son courage. Dahlia elle-même ignorait si elle aurait eu la force d'attendre la fin du rituel ou si, dans sa terreur, elle n'aurait pas tenté de l'interrompre. Se mesurer à la mort un couteau à la main lui semblait plus facile que d'affronter les pouvoirs occultes de la nécromancie. Qui donc aurait voulu prendre le risque de courroucer le Seigneur de la Mort lui-même ? Ahpuch pouvait soustraire votre âme à la réincarnation, si tel était son désir, et vous condamner à errer dans l'inframonde pour l'éternité...

— Ces images me hantent encore. Presque chaque nuit, murmura Capucine.

— C'est très compréhensible ! s'exclama Lucio. Des hommes courageux auraient sombré dans la folie avant la fin du rituel, je te l'assure !

—Alors... Vous me pardonnerez de m'interrompre ici pour l'instant. Je ne crois pas que j'aurais la force d'en raconter davantage.

Amaryllis hocha la tête, heureuse de constater la déception des guerriers rassemblés dans le grand salon du palais dil Senecalès. L'héritier-machtli leur avait offert l'hospitalité à tous depuis l'aube... La nuit allait bientôt tomber. Les mercenaires mahcutais n'avaient pu se résoudre à partir sans Tienko, et celui-ci avait prétexté le récit inachevé de Capucine pour rester auprès d'elle. Tout le groupe se retrouvait donc dans le plus luxueux des salons du palais ; installés au bord d'une fontaine, appuyés sur des coussins sertis de joyaux et profitant de la brise qui pénétrait dans la pièce, chargée des parfums des jardins, même ceux qui n'avaient pas entendu le début de l'histoire se laissaient captiver par les mésaventures de la jeune fille dans le Labyrinthe.

— *Tout de même, une chose m'échappe,* intervint Lucio. *Il n'y a qu'un Labyrinthe, non ? Capucine et toi avez donc parcouru les mêmes rues ?*

La jeune fille dut en convenir. *La façon dont l'héritier du roi insistait chaque fois sur le prénom de sa sœur inquiétait Amaryllis. Elle ne pouvait que regretter de l'avoir prononcé, dès sa sortie du trou de l'ogre.*

— *Comment se fait-il, dans ce cas, que Capucine n'ait pas eu connaissance du Carnaval ?*

— *C'est qu'elle est arrivée après. Ce qu'elle vous a raconté s'est passé au lendemain du Carnaval.*

— *Mais comment peux-tu le savoir ?* insista *l'héritier-machtli.*

La jeune fille sourit, flattée de son intérêt. *Elle expliqua donc qu'elle avait fini par avoir conscience de la présence de sa sœur dans le Labyrinthe, et cela, même si elle ne connaissait pas encore leur lien de parenté. Elle avait d'ailleurs été témoin d'une partie de ses mésaventures...*

— *Amaya !* intervint Dahlia, excédée. *Personne n'y comprendra rien si tu racontes tout dans le désordre ! Pourquoi ne recommences-tu pas là où tu t'es arrêtée ?*

— *Oh, tu sais... Toute la partie où nous avons erré dans les ruelles du quartier des*

Artistes, Beretrude et moi, est de bien peu d'intérêt.

— Alors raconte ce qui s'est passé chez le parfumeur, insista Dahlia.

Amaryllis grimaça. Elle n'était pas spécialement fière de ce qui s'était passé chez le parfumeur, cependant sa sœur avait raison. Pour que leur histoire soit claire, il fallait la raconter dans l'ordre et essayer de n'omettre aucun détail. Car déjà, la jeune fille lisait de la sympathie dans le regard de Lucio dil Senecalès. C'était un avantage qu'elle comptait bien utiliser afin de combattre le roi Deodato et de venger ses parents.

TABLE DES MATIÈRES

1 — Une nuit sur la Plaine Trouée.............7

2 — Dans le sac du dragon........................23

3 — L'étrange quartier de la Porte...........36

4 — La folie du Carnaval..........................53

5 — Commérages et rébellion....................72

6 — Une esclave en cadeau.......................91

7 — Capucine...104

8 — La violence du Labyrinthe...............119

9 — La fille du prince-sorcier..................132

10 — Des révélations
     sur le pas de la porte.......................145

11 — La promesse dans les égouts...........165

12 — Une occasion en or...........................183

Retrouvez Amaryllis, Dahlia et Capucine dans la suite de la série « Les fleurs du roi » :

Le deuxième dragon

Le deuxième soir de sa brève carrière de prophétesse, Amaryllis nota des habitués, au milieu des gens rassemblés pour l'écouter. Elle commençait donc à avoir certains fidèles... C'était un bon signe pour la réussite de la mission qu'elle s'était assignée. Mais ce que cela révélait du Labyrinthe ne la rassurait pas.

— Cet endroit a vraiment besoin d'un héros ! soupira-t-elle.

Elle n'avait aucune intention d'être un héros. Les héros accomplissaient des hauts faits, qu'ils payaient de leur vie, en général. Ou bien on les sacrait rois... Amaryllis souhaitait que sa destinée s'accomplisse autrement. Elle voulait rencontrer Sahale et ses elfes, elle souhaitait leur demander s'ils commandaient un dragon. Elle voulait obtenir une explication logique qui justifierait son enlèvement et rentrer au Techtamel pour devenir sorcière des Herbes, quelque part près de la mer Séverine. Le Labyrinthe ne l'intéressait pas ; il la révulsait.

— Dis-nous quand le changement viendra, prophétesse ! hurla l'un des fidèles qui la suivait partout depuis deux jours.

Comme un enfant, il voulait entendre toujours la même histoire fascinante. Amaryllis ravala le commentaire impatient qui lui monta aux lèvres.

— Vous le savez. Le changement est déjà en branle. Dans tous les quartiers, les gens le sentent. Même le Carnaval n'a pas été pareil, cette fois ! Les rebelles qui se terrent parmi vous se tournent vers Sahale et en font l'ennemi à abattre...

Heureusement, Benvenuta ne se trouvait pas là, ce soir.

— Faut-il se joindre à la rébellion, dans ce cas ? cria quelqu'un dans la foule.

Amaryllis sentit son pouls s'accélérer. Elle avait provoqué cette question pour le seul bénéfice du Maître du Labyrinthe. Elle ne voulait pas que le despote l'associe aux rebelles et décide de l'éliminer sans autre forme de procès.

— Pour ma part, répondit-elle avec une feinte passion, je dis seulement que le changement est sur le Labyrinthe. Et Sahale ferait mieux de l'accepter ! Mais s'il refuse, alors son époque sera révolue.

— Comment peux-tu affirmer cela ?

C'était si imprévu qu'Amaryllis faillit en oublier toutes ses fausses prédictions. Un elfe se tenait au milieu de la petite foule. Le teint de lait, les cheveux de jais, lisses et luisants, les lèvres couleur de papaye mûre... Et ses yeux sombres, bridés, qui semblaient renfermer toutes les étoiles du ciel... La jeune fille ne s'était pas attendue à découvrir les elfes si semblables au portrait que les légendes traçaient d'eux.

Marquis imprimeur inc.

Québec, Canada
2008